経験して学んだ刑事の哲学

団塊世代の捜査日記

深沢敬次郎

元就出版社

まえがき

十八歳のとき陸軍船舶特別幹部候補生隊に入隊し、海上挺進隊が編成されると組み込まれた。ベニヤ板の舟艇に二五〇キロの爆雷を搭載し、夜陰に乗じて敵の艦船に体当たりして撃沈する訓練を受けた。沖縄の慶良間諸島の阿嘉島に派遣されたが、激しい爆撃によって舟艇が破壊されて出撃が不能となった。上陸してきたアメリカ軍と戦ったが迎え撃つ武器はなく、九死に一生を得たときアメリカ軍が島から撤退した。倉庫などが焼かれて食糧が逼迫し、飢えとの闘いになって桑の葉やツワブキなどの雑炊などでしのいだ。やせ細って歩くのも困難になり、餓死寸前になったとき戦争が終わって捕虜となった。

収容所では日本軍の組織は作用せず、部下をいじめた上官が仕返しされるのを目の当たりにした。体力が回復すると強制労働に従事して多くのアメリカ軍の将兵に接し、さまざまなことを知ることができた。捕虜の意見を受け入れて上官に抗議する監視の兵隊がいたり、官舎の作業では空軍司令官とジェスチャーを交えて片言の英語で話したこともあった。鉄柵に囲われた一年三か月の収容所の生活はとてつもなく長く感じられたが、アメリカ人と日本人の考え方の違いを知ることができた。

就職難のため、やむなく巡査になったが、日本国憲法が公布されていたから教科書は役立たない。食糧が不足していたため、ひもじい生活を余儀なくされていたが、潤いをもたらしてくれたのが大学教授の授業であった。法医学、倫理学、歴史、英会話など学ぶことができたし、心理学の教授からは、「相手の立場に立ってものを考えなさい」と教えられた。

六か月の教養を受けて交番に配置され、巡回連絡をして多くの人に接して会話にも慣れるようになった。だが、肝心の職務質問やヤミ米の取り締まりを苦手にしており、こんなことで巡査が勤まるだろうかと思ってしまった。半年後に警察法が改正されて国家地方警察と自治体警察に二分され、山の中の長野原町警察署に転勤になった。辞めたくなったので父親に話すと、「辞めるのはいつでもできるが、若いときはいろいろ苦労しておくものだ」と諭されていやいやながら赴任した。

町には図書館もなければ娯楽施設は何一つなく、退屈を紛らすために読書会に入った。輪読しているうちに本になじむことができ、会員からすすめられた一冊の本を読んだとき、全身が震えるほどの感動を覚えた。見習刑事となって先輩の指導を受けたが、学ぶべき点は多かったが考え方が異なっていた。デモの警備に当たると税金泥棒とののしられたり、こじきの取り締まりや、人身売買などを取り扱って人権を考えるようになった。小学校の先生のグループと浅間山に登ったり、別荘の空き巣事件の捜査では著名な学者や作家の話を聞くことができた。捜査を通じて多くの人からいろいろのことを学び、それらを生きる糧にすることができた。

巡査になって三十五年が経過したとき顔面神経まひになり、働き続けた身と心を休めたくなった。はっきりしたプログラムがなかったが早期に退職し、初めて仕事のない自由な時間を持つことができた。読書やドライブするなどして気ままに過ごしていたが、物足りなさを覚え、日記やスクラップを整理するなどして原稿を書き始めた。本になるなんて考えていなかったが、新聞の地方版に紹介されて地元の出版社から自費出版すると、それが親本になって大手出版社の文庫本になった。どのように生きたらよいか考え、九死に一生を得た命を社会に役立てたいと思うようになった。犯罪は身近な出来事なのに警察の捜査の実態を知っている人は少なく、犯罪防止のために捜査体験記の出版を重ねるようになった。

イラク戦争が始まったとき、コメンテーターの話に違和感を覚えて戦記を書くことを思い立った。記憶は鮮明に残っていても記録したものはなかったため、図書館や古書店を巡るなどしてさまざまな資料を集めた。慰霊祭に沖縄を訪問して戦争体験者の話を聞いたり、座間味村誌の戦争編や船舶特幹一期生会々報などを参考にしたりした。海上挺進隊は三千百二十名で編成されてフィリピンや台湾や沖縄に派遣されていたが、一千七百八十八名が戦病死していることを知った。たくさんの人が犠牲になった悲惨な戦争体験を後世に伝えたいと思い、『船舶特攻の沖縄戦と捕虜記』を出版した。

戦後の混乱した時代に巡査になり、さまざまな矛盾に遭遇しながら職務を執行しなければならなかった。軍人や巡査を志願したことを悔いたこともあったが、戦争や捕虜や捜査の経験がかけがえのないものと分かった。知識は読書や映画や人の話を聞くなどして習得できるが、経験しないと分からないことがある。多くの人からさまざまなことを学ぶことができたし、犯人から貴重な体験を聞かせてもらって反面教師とすることができた。

昭和二十六年の日記はつたないため出版をためらっていたが、九十歳になったとき死蔵させたくないと思うようになった。あれから六十数年が経過して世の中は大きく変わってきているが、人間の欲望にはさほどの変化があるとは思えない。「温故知新」ということわざがあるが、当時を知ることも無意味ではないと思って出版を決意した。プライバシーに配慮して書き直して『経験して学んだ刑事の哲学』としたが、少しでも世の中の役に立ってくれたら幸いです。

【経験して学んだ刑事の哲学／目次】

一月　皇太子殿下の警護に当たる

一月一日（月）小雪のち

　当直勤務になっていたため定刻に出勤したが、ことしに予定されていたのは四月の町議会議員選挙と県議会議員選挙であった。一九五一年の新年のマッカーサーの年頭の辞を聞き、国の内外とも多難な年になりそうな予感がした。首相の話を聞いても感動する言葉は見当たらず、戦争の放棄がいつまで続くか気になった。

　新年会は予定より一時間遅れて警察署の二階の会議室で開かれたが、招待されたのは町長、助役、収入役、小・中学校長、郵便局長、国鉄自動車支局長、消防団長、町議会議員などの町の有志であった。署長がどのように人選して招待したのか分からないが、いずれも町の行政に大きくかかわっている人たちであった。娯楽施設が少ないために酒を飲むことが多いらしく、さまざまな機会をとらえて酒宴をするのが習わしみたいであった。

　巡査になってから酒のトラブルに巻き込まれ、いやな経験をしているため酒を断つことにした。宴会が始まるとあちこちで杯のやり取りとなり、酒をすすめられたので断ると、酒が飲めないようじゃ大物になれないぞと言われた。

一月二日（火）晴

巡査になってから職を探せばいいと考えていたが、いまだ転職することができない。刑事になって二年足らずであるが、多くの人に接してさまざまなことを学ぶことができたため、仕事に生きがいが持てるようになった。それでも仕事には多くの制約があったからなじむことができず、いまだ人生の設計図が描けない。

読書にのめり込むようになっただけでなく、映画を見るのも生きるための楽しみになっていた。午後になってからドストエフスキーの『カラマーゾフの兄弟』を読み、さまざまな人物が事件に巻き込まれていることを知った。夜は波多野勤著の『少年期』を読んで少年の心が分かるようになり、非行少年の補導などに役立てることにした。

一月三日（水）晴

午前中は読書することができたが、午後一時から皇太子殿下の警護につくことになった。嬬恋村方面に向かわれるために羽根尾に行くと、道路の両側の家々には「日の丸」が掲げられて歓迎ムード一色になっていた。ご通過の時刻が近づくと大勢の人が集まるようになり、ロマンスカーが見えると土下座して涙する老婆もいた。戦争中もこれに似た光景に接したこともあったが、様変わりしていたのは若者の多くが平然と見送っていたことだった。

帰りがけに親しくしていた小学校のY先生の家に立ち寄り、すすめられたのでマージャンをした。捕虜のときに覚えたものでルールは異なっていたが、お正月ということもあったから楽しく時間を過ごすことができた。帰りがけに先生が『二十五時』の本を貸してくれたため、家に戻ってから一気に読み終えた。

一月四日（木）晴

農協の専務からの被害届は、大型の金庫が破られて十八万円の現金が盗まれたというものであった。三か所に駐在所があったために、捜査に従事できたのは次席を兼ねた捜査主任以下五名であった。現場に急行して関係者の話を聞いたり、実況見分をして指紋や足跡などを採取したが、金庫が破壊された形跡はまったくなかった。

犯行時間は仕事納めからご用始めまでの間であったが、その間は職員が交代で勤務しており、外部から侵入するのは不可能と思われた。金庫の合いかぎを持っていたのは専務と経理課長のみであり、内部犯行の疑いがあったものの、決めつける資料を見つけることができない。

関係者から事情を聞いたが不審のある者は浮かばず、聞き込みをするなどの捜査を続けた。ある商店に行ったとき顔見知りの農協の役員が見えており、内部事情に詳しいと思われたが金庫破りについては何を尋ねても答えようとしなかった。

一月五日（金）晴

窃盗事件として捜査を始めたが、専務や経理課長の業務上横領の容疑でも捜査することになった。年末と年始に当直していた職員も捜査の対象にされ、一人ずつ事情を聞いたが容疑のある者は浮かんでこない。

農協に関係のある人をつぎつぎに訪ねて聞き込みをしたが、だれの口も重かった。町の人はいろいろとつながりがあるし、刑事は町の職員であっても、よそ者と見られているために捜査の協力を得ることができない。本当の話を聞くためには信用を得ることが大事であったが、一朝一夕で成り立つものではなかった。

一月六日（土）晴

専務理事は金庫のかぎとダイヤル合わせのカードを一緒にし、机の引き出しの奥深くに隠しておいたという。経理課長はだれにも分からないように保管していたというが、業務上横領の疑いを完全に消すことはできなかった。捜査をして多くの情報を入手することができたが、いずれもうわさの範囲のものであった。

捜査をしているうちに犯行に合いかぎが利用された疑いが強くなってきたが、決め手があったわけではない。捜査主任が一人ずつ事情を聞いて品定めするなどし、容疑者の割り出しに努めていった。

土曜日であったが夕方まで捜査が続けられ、署長も加わって捜査の検討がなされた。犯行に合いかぎが利用された以外に考えることができず、当直に当たっていた職員の内偵を徹底することにした。

一月七日（日）晴

勤務を終えると自由時間になり、このときに本が読めるのが毎日の楽しみになっていた。

七草で日曜日であったが、午前中は農協の窃盗事件の聞き込みをした。午後は皇太子殿下がご通過されるために羽根尾で警備についたが、町で知らせてあったらしく沿道は大勢の人によって埋め尽くされていた。予定されていた時刻にロマンスカーが見えるとみんなが「日の丸」を振っており、皇太子殿下の顔を見ることができたと自慢していた若者もいた。だれの顔もうれしそうだったが、それは明るい住みよい世の中にできるという希望を抱けたからかもしれない。

道路工事の関係者の話によると、皇太子殿下がお見えになることが決まると、急きょ、道路の整備をしたという。

一月八日（月）晴、

駅に行ったとき友人に出会ったが、工業学校を卒業したのに衣類の行商をしていた。会社に勤めていたが戦後に倒産したため、やむなく職業替えとなり、学校で勉強したことが役立たなくなったと嘆いていた。

私は商業学校を卒業して軍需工場で経理の仕事をしていたが、軍人を志願して戦争と捕虜を経験してから巡査になった。軍人や巡査を志願したことを悔いたこともあったが、戦争や捕虜や捜査を経験したことがかけがえがないものであることが分かるようになった。

午後二時ごろ、北軽井沢の社長から三十万円の詐欺被害の届け出があった。出かけていく時間的な余裕がなかったため、関係者が嬬恋村の大笹にいることが分かったので国鉄バスで出かけた。戦時中、浅間山麓の開墾をしたとき一週間ほど民家に泊めてもらったことがあったのでその家を訪ねた。自己紹介をすると主人も奥さんも覚えており、懐かしい話をすることができた。詐欺事件の捜査で来たことを話すと、詐欺の被害者と面識があったのでさまざまなことを聞くことができた。参考人を訪ねたが不在であり、近所の人に尋ねたが行き先は分からないため、最終バスで帰らざるを得なかった。

消灯の時間を午後十二時と決めており、それまでに横光利一著の『旅愁』を読むことができた。

一月九日（火）晴

七時三十分発のバスに飛び乗ったが、風もなく冬にして比較的暖かかった。三原で下車して草軽（くさかる）電鉄に乗り換えることにし、三十分ほど待つと貨客混合の電車がやってきた。本を読んでいるうちに北軽井沢駅に着くと一面が雪に覆われており、オーバーコートも寒さを防ぐことができなかった。太陽の光が雪にはね返されてまぶしく、浅間山を背景にして美しく輝いていた高原の冬景色を見ることができた。

いままで詐欺事件の捜査の経験はなく、被害の状況を詳しく聞いたが犯罪になるかどうか分からない。警察権は民事に介入できないことになっているが、詐欺なのに商取引と判断すれば職務放棄にひとしくなってしまう。

商取引には多少のうそが付きものであり、被害者の人柄が分かると信用できなくなってきた。捜査を続けていると詐欺の容疑が希薄になり、警察に届け出をして圧力をかけて返済させるねらいがあるらしかった。被害者はあくまでもだまされたと主張しており、詐欺の疑いが残っていたため捜査を続けることにした。

戦後に廃館になっていた大津劇場であったが、臨時に映画が上映されることになった。石坂洋二郎原作の『山のかなた』であったが、この作者の『女の顔』を読んだことがあったので興味深く見ることができた。

一月十日（水）曇

ことしの第二回の定期招集があり、全員が警察署の前で隊伍を組んで町役場の広場まで行進した。署長が点検官となり，次席が指揮官となって服装と所持品の点検をしてから教練に移った。隊員がわずか八名であったため、横隊なのか縦隊なのか分かりにくかったし、けん銃操法の訓練では実弾を撃った経験があったのは私だけであった。

午後一時から町役場主催の新年会が役場の会議室で実施されたが、これは警察主催の新年会のお返しらしかった。来賓のあいさつがあったが儀礼的なものであり、堅苦しい行事を終えて宴会になるとなごやかな雰囲気になった。談笑しながら酒を酌み交わす姿が見られたが、酒を口にしなかったのは私だけであった。変わり者のように見られていたが、酒のトラブルに巻き込まれてから断酒を続けていたから苦にならなくなっていた。

新聞の報道によると、模範的な巡査といわれていた男が、酒を飲んで婦女暴行をしたとあった。酒は心に潤いを持たせる効果があるといわれているが、正体を失ってトラブルになることもある。まじめと見られている者は平素の不満を口にすることが少なく、酒を飲んだときにうっぷんを晴らすためにはめをはずす者もいる。

一月十一日（木）曇のち雪

このごろ科学的捜査が叫ばれるようになったが、戦争中から刑事をやっている先輩の意識を変えるのは難しいようだ。警察では犯人の検挙に力を注いでいるが、すべて法令に基づいて執行しなければならない。検挙成績のよしあしは犯罪統計によって示されており、検挙率を上げようとすれば無理な捜査をしかねなくなる。科学的捜査は基本的人権を尊重し、証拠によって犯人を割り出すものであって、検挙成績には関係のないものであった。

農協の窃盗事件は内部の犯行と思われたが、いまだ犯人の目星はついていない。犯人が検挙にならないと非難されがちであるが、常道に従って捜査するほかはない。初めは五人で取り組んでいた捜査であったが、私は防犯の仕事を兼ねていたため、金庫破りの捜査に専従できたのは先輩の刑事のみになってしまった。

食事をするため飲食店に立ち寄るようになると、警察官を特別に優遇する店があることが分かった。そのような店を避けたいと思ったが、多くの犯罪情報を持っていて捜査に協力的であった。捜査に従事していると思いがけないことに遭遇することもあれば、時には人の恥部に触れたりもする。

一月十二日（金）晴

雪が降った後の朝は暖かいらしく、道端で洗濯をしている人の姿が見られた。人の職業も収入もさまざまであり、だれも豊かな生活を望んでいても貧しい生活から抜け出すことができない者も少なくない。

　知り合いのところに行くこともあれば、初めての家に聞き込みに行くこともあった。相手もさまざまであり、雑談をしながら趣味に触れることもあれば、警察に対する要望なども聞いたりした。たとえ捜査に結びつくものではないとしても、経験談を聞かせてもらって世の中を知ることができた。職業柄、さまざまな人に接するようになったが、相手がどのような人間であろうとも差別することなく話し合えるようになった。

一月十三日（土）晴

　刑事と防犯を兼ねているが、警察では犯人の検挙に重点をおいて防犯が軽視される傾向にあった。少年の将来に防犯の意識が重大と考え、署長に子どもに話すことを提案していたことが受け入れられた。来る十五日に実施することになっていたが、十七日から十九日まで少年法の講習を受けることになったため、その後にしたくなった。会長さんと相談することになって中学校を訪れると、顔見知りの中学生から「深沢さん」と声をかけられた。話し合って延期が決まったが、いままで大勢の人の前で話した経験がなかったから不安であった。

　午後、小学校のH先生の自宅を訪れると、あすが小正月だといわれて酒を出された。飲めないために断ったが、遠慮していると思ったらしく執拗にすすめられた。説明すると納得してもらうと今度はお雑煮をすすめられ、断りにくくなって頂いてしまった。先生には親切の気持ちがあったとしても、お節介も度が過ぎると嫌味になることが分かった。

一月十四日（日）晴

眠りについたのが遅かったため朝寝坊してしまった。夢は忘れてしまうことが多いが、人を殺したという悲惨なものであったのは覚えていた。どうしてこのような夢をみたのか分からないが、夢を研究したいと思ったがその間はなかった。

最近、けだるさを覚えたり、食欲が減退しているような気になってきた。食事だって不規則で栄養を満たしているとは思えないし、五日に一回の当直が割り当てられていたり、時には徹夜の勤務になることがある。健康的でないと思えるものばかりであったが、職にとどまっている限り避けることはできそうもない。

あすは「どんど焼き」の日であり、門松やしめ縄などを集めて燃やすことになっている。夜になると若者が大きな声を張りあげ、太鼓を打ち鳴らしながら町の中を練り歩き始めた。一軒一軒巡っては、貧乏神が舞い込んだと言っては現金などを受け取っていた。恵まないといつまでも太鼓を鳴らしていたが、むかしから続けられている行事とはいえ改めてもらいたいものだ。

一月十五日（月）晴

成人の日であり、二年前から祝日になっていた。午前中は中野好夫著の『反省と出発』を読み、午後は小学校で行なわれた成人式の弁論大会の話を聞くことができた。立派な服装をした新成人が思い思いに話をしていたが、いずれも立派な内容であった。立て板に水を流すような話し方より、ぎこちないと思える話の方が真実味があるように思えた。大勢の若者が一堂に集まって話し合うことは楽しいし、人間が成長していくためにも大切なことであった。最後に『サザエさん』と『海賊島』の映画が上映されることになり、新成人が席を移すとキャラメルの空き箱や紙くずなどが散乱していた。自分の行動に責任を持つ成人式と思われたが、一部の人の仕業であるとしてもふさわしくないと思ってしまった。弁論を競うことも必要かもしれないが、それよりもモラルのあり方を学ぶ方が大切なことではないか。

一月十六日（火）晴

農協の窃盗事件の捜査のためにH集落にいったが、商店だけでなく働いている人の姿を見ることができない。長老の話によると、正月十六日と盆の八月十六日は、年間を通じて働いている人の休みだという。

農協の職員の内偵をしたが、そのA職員のことを知っているのは集落の人や関係者であった。個人の名前を挙げれば捜査の対象にされていることが分かってしまい、あらぬうわさになりかねなかった。いろいろのうわさを耳にしたが、それが真実であるかどうか明らかにするのは容易ではない。根掘り葉掘り聞きたかったが、多かれ少なかれ農協に関係のある人たちであったから捜査の協力が得られない。人を疑うのはいやなことであったが、白黒をつけるためには避けることができなかった。

一月十七日（水）晴

少年法の改正にともない三日間の防犯講習を受けることになり、凍りついていた道路を歩いて二番列車に乗った。『文藝春秋』の二月号を読んでうちに渋川駅に着くと、顔見知りの婦人警察官に出会った。手にしていたのはジイドの『一粒の麦もし死なずば』であり、私も読んだことがあったので親近感を覚えた。

少年法の講習は警察学校で開かれ、少年法、児童福祉法、犯罪者予防更正法の説明がおもなものであった。教官はすべて国家地方警察の警部と警部補であり、受講生は自治体警察の巡査部長と巡査で防犯担当であった。

教官は戦前の教育を受けた者ばかりであり、防犯課の警部補は戦前の意識が抜け切れないらしく、的外れとも思えるような話をしていた。

昼食のとき、そば店に行くと入れ墨をしたやくざ風の男がおかみさんに仁義を切っていた。話には聞いていたけれど目の前で見たのは初めてであり、義理や人情の世界がどんなものか考えさせられた。後で分かったのはそば店の主人は露店商であり、一宿一飯の恩義に預かりたいとの申し出であると思われた。

出世の早い教官は勉強をしているらしく、法令の説明に長(た)けていたがおもしろくはなかった。ベテランと思える警部の話は、体験を交えていたから聞きやすいだけでなく仕事に役立つものであった。

一月十八日（木）晴

昨夜は実家に泊まって墓参りをし、久しぶりに懐かしい食事をすることができた。午前八時のバスに乗って学校に行き、この日も教官の講義を受けた。教官も受講生もさまざまであったが、出世が早くて実務の経験の少ない者は法令の説明に終始していた。受講生には防犯の仕事に適していると思える者もいれば、刑事のような感覚の持ち主もいた。

昼の休みのとき受講生の雑談を耳にし、警察は弱い者には強くても、強い者には弱いのではないかと言う声が聞こえた。弱肉強食ということわざがあるが、これは世の中のいたるところに見られる現象であった。

この講習の目的は少年の補導が中心になっていたが、教官がどれほど新憲法の精神を理解しているか分からなかった。

一月十九日（金）晴

だんだんと分かってきたのは、教官にも生徒にも戦前の教育の影響を受けている者が多いことだった。私が巡査になったとき日本国憲法が施行されたが、天皇陛下の警察官であることに変わりはないのだと教えられた。だれも過去を引きずって生きており、戦後の新しい法律になじめない者が多かったが、曲がりなりにも私は戦争とアメリカ軍の捕虜の経験があった。教える方にも教えられる方にも人権尊重の意識が欠如しており、この人たちに少年法の精神を浸透させるのは容易でないと思った。

少年の犯罪が凶悪化して増加の傾向にあり、防ぐためには補導より検挙が大事だと言った教官もいた。教える方にも受講生にも、このような考えの持ち主が少なくなく、どれほど講習の効果が上げられるか分からない。

講習を早めに切り上げると慰労会となり、みんなが伊香保温泉に行った。たった三日間の講習でどうして慰労会が必要なのか分からないが、このような考え方を改めるのが先決ではないか。予算を取るために計画したものかもしれないと勘ぐってしまい、慰労会に参加したくないと思ったが拒否する勇気はなかった。

一月二十日（土）曇

実家に泊まったがバスに乗り遅れてしまい、田んぼの中の停留所で寒さに震えながら理論社発行の『愛に悩み死を恐れるもの』を読みながら待った。バスを乗り継いで長野原駅行きの列車に乗ると混雑しており、身動きができないような状態になっていた。数人のおばさんの雑談に耳を傾け、中之条駅に着くと大勢が下車した。

刑事は捜査しながらさまざまな場面に遭遇するが、犯罪にかかわりがなければ干渉することはできない。難題に直面したときに悩んだこともあったが、経験を重ねるうちに対処の仕方が分かるようになった。

一月二十一日（日）雪

朝から吹雪のような空模様であり、休みであったから容易に床から抜け出せない。久しぶりに部屋の中の掃除をすると、横殴りの風がガラス戸にあたり、粉雪が隙間から遠慮なく部屋に舞い込んできた。風邪気味であっただけでなく寒さにさらされてしまい、本を読む気にもラジオを聞く気にもなれない。

一月二十二日（月）晴

上州名物の空っ風は朝から吹き荒れており、耳をもぎ取られんばかりであった。風にさらされて体は冷えるばかりであったが、自転車で捜査に出かけるほかなかった。聞き込みをしていろいろの話を聞くことができたが、それが本当かどうか吟味する癖がついてきた。

一般の人には確かめることができにくいことであっても、犯罪の捜査となると証拠を集めて犯人を検挙しなくてはならない、二人の話に食い違いがあれば、どちらかが間違っていることになるが、これとて絶対的なものではない。同じ物を見ても見る人も場所も異なっており、そのことも考えなくてはならない。

被害届という点から始まり、参考人の話によって線となり、証拠品によって面となる。それだけでは事実が明らかにならず、被疑者の真実の自供によって立体となって犯罪の全体像を明らかにすることができる。

一月二十三日（火）晴

予定していた中学校での講義が延期になり、学校の先生と打ち合わせをして二十五日に実施することになった。大勢の人の前で話をした経験はなかったが、メインになっていたのは少年法の説明であった。法律の話がおもしろくないことは分かっており、どのようにくだいて話をするか考えたがよい知恵は浮かばない。ベテランだって初めてのときは素人であり、当たって砕けろ、という気持ちにさせられると少しばかり気が楽になった。

一月二十四日（水）晴

子どもに話すために資料が必要と考えたが、準備不足であったから簡単なことではない。グラフをつくったり、図面を画くなどして一日を費やしたがうまく仕上がらない。資料づくりは有意義なものとなったが、どれほど子どもに伝えることができるか疑問であった。できるだけ効果的にしたいと思っていたが、初めての経験であったから、どのようになるか分からない。

一月二十五日（木）晴

朝からそわそわしており、不安を隠すことができなくなっていた。何事も初めてのときは苦労がともなうものであり、ここにいたってはどうすることもできない。世の中には経験しないと分からないことが少なくなく、これは与えられた一つの試練であると考えた。

不安を抱いたまま学校に行き、話を始める前までは上がっていたが、話し始めると落ち着いてきた。だらだらと話し続けて約束の五十分を過ごすと、先生はよかったと言ってくれた。お世辞であるにしろほっとさせられたが、生徒には責任ある行動を求めていたから自省しなければならなかった。

一月二十六日（金）晴

ことしに入って初めて川原湯温泉に行ったが、二十日の「湯かけ祭り」の名残りがわずかに見られた。いまだ明けましておめでとうございます、とあいさつする姿が見られたが、あいさつされるとしないわけにはいかない。日本人にはまねをする人が多いといわれているが、まねをしていれば非難されることが少ないからかもしれない。型破りの生き方をすると変人と見られる傾向があるが、他人に迷惑をかけない限り自由でありたいと思っている。

陰口を言う人は少なくないが、面と向かって注意してくれる人の方がありがたい。そのような人はいたって少ないが、その者の話には真実味があるから信用することができた。

同僚と署長のことについて話し合っていたとき、その署長が見えたため、同僚はすぐに話を取りやめてしまった。署長には耳障りのことであったかもしれないが、悪意はなかったため話を続けていた。

一月二十七日（土）晴

詐欺事件の捜査のため、警視庁や科学捜査研究所などに行くことになった。早起きをして冷たい空気にさらされて暗くて凍りついた道を歩き、始発の列車に乗ったものの、いまだスチームが効いていなかった。冷えていた列車内で本を読むなどして列車を乗り継ぎ、予定の時刻に上野駅に着くことができた。有楽町駅で降りたが警視庁への道順が分からず、パトロール中の巡査に尋ねると親切に教えてくれた。

警視庁の捜査一課内の地方課では、古参の刑事から自慢話を聞かされたが、肝心の資料はなかった。国家地方警察の鑑識課に行ったが資料が多過ぎたため、探し出すことができなった。科学捜査研究所に行くとたくさんの資料がそろっていたが、いくら探しても目ざす資料を見つけることができなかった。

仕事を終えてから神田の古本屋街を巡り、近くに住んでいた戦友を訪ねたが不在だった。劇場で時間を費やしてからふたたび訪ねていき、六年振りに再会することができた。会社に勤めながら会計士の試験の勉強をしているといい、積もり積もった話が尽きることがなかった。遅くまで話し合ったので便がなくなってしまい、泊めてもらうことになってしまった。

一月二十八日（日）晴

午前九時に起きて朝食を済ませてから日劇に行き、『東京ファイルユースと実演』を見てから銀ブラをした。戦争中に何度が歩いたコースであり、むかしの面影は消え失せていたが懐かさが込み上げてきた。大勢の若い男女が活発に歩いている姿を眺めていると、退屈を忘れさせるほどだった。あちこちに信号機が取り付けられていたのも珍しく、三越や松坂屋なども人があふれていた。

込み入った都会と、のんびりした山の中で暮らす方のとどちらがよいか考えたが、答えを出すことができなかった。

午後五時過ぎに高崎駅行きの快速列車に飛び乗ったが、大宮駅を過ぎたときに小山駅回りに気がついた。途中下車することもできないし、最終の長野原駅行きに間に合わないことが分かったため、前橋の義兄の家に泊めてもらった。

一月二十九日（月）晴

午前五時に起きて利根橋を渡るとき冷たい川風に肌が刺され、寝静まっている街中のアスファルトを踏む足跡だけが聞こえた。二十数分で新前橋駅に着くことができたが、開放されていた待合室には冷たい風がもろに吹きつけていた。上越線で渋川駅まで行って長野原行きの始発の列車に乗ることができたため、定刻までに出勤することができた。

詐欺事件の有力な資料を得ることはできず、犯罪になるかどうかもはっきりしなかったが捜査を続けざるを得なかった。

地元に住んでいる朝鮮人が悪者扱いされていることが分かったが、とくに悪いことをしていたわけではなかった。朝鮮人のために毛嫌いされているだけであったが、どうして差別するのだろうか。軍隊では日本名の朝鮮人の仲間がいたし、輸送船では慰安婦と共に危険な海を渡り、戦争では朝鮮人の軍夫と一緒に戦ったことがあった。親近感はあっても違和感はまったくなく、職業や地位や人種などによって差別することが大嫌いになっていた。たとえ悪者扱いをする人に悪意がないとしても悪者扱いにされれば反発したくなるに相違なく、かえって住みにくい社会にしてしまう。

一月三十日（火）晴

小代のTさんから緬羊（めんよう）が盗まれたとの届け出があったが、交通の便がなかったから自転車で行くほかなかった。二時間以上もかかって現場に着き、実況見分をしたり被害者の話を聞くなどした。犯人は獲物をねらってどこからでもやってくるし、どこへでも逃げていくことができる。進駐軍から払い下げられた重い靴を履き、悪路を自転車に乗ったり押したりしながら犯人の足どりを追った。数百メートルのところに緬羊の死体が捨ててあり、毛皮だけが持ち去られていた。

駐在さんと一緒だったせいか、どこでも丁重に取り扱われ、さまざまな話を聞くことができた。暗くなるまで捜査が続けられたが、犯人の手がかりを得ることができなかった。行きは、ほとんどが上りであったから四苦八苦したが、帰りは、下りになっていたから一時間足らずで署に戻ることができた。

一月三十一日（水）晴

母の命日であるが、六歳のときに病死しているため、面影はぼんやりと脳裏に浮かぶだけだった。十九年も前のことであるが忘れることのできない日であり、生きていてくれたらと思うことがしばしばあった。

きのうに引き続いて緬羊の窃盗事件の捜査をし、嬬恋村の畜産業者のところに立ち寄った。世間話をしているうちに学校の同級生の親類と分かり、親密度が増して打ち解けた話を聞くことができた。

緬羊の肉は食用になるし、毛皮は敷物にできるが、もっとも高価なのは羊毛であり、手紡（てつむ）ぎのホームスパンの織物になるために高価で売れることが分かった。

二月　緬羊の窃盗事件

二月一日（木）晴

ダレス長官の訪日にともない、講和会議や再軍備が真剣に取り上げられるようになった。憲法が戦争の放棄を規定しているが、再軍備に賛成の者が意外に多いのにびっくりさせられた。私は特攻隊員として沖縄で戦って九死に一生を得ており、戦争の悲惨さをいやというほど味わっている。戦争は絶対に避けなければならないが、あちこちに戦争の火種がくすぶっているのが現状である。憲法改正にはさまざまな制約があるが、どんな場合にあっても数がものをいい、最終的には国民が決めることになる。

緬羊の業者のところを巡ると同業者の悪口を言っていた者がいたが、このようなタイプの人は少なくはない。他人を攻撃することによって自分が正しいことを主張したいのかもしれないが、このような話は信じられなくなっていた。言葉ではなく事実によって物事を判断する癖がついており、分かったのは悪口を言っている業者の人柄だけだった。

二月二日（金）晴

刑事になって二年近くになってきたため、世の中の多様性が分かるようになった。犯罪には偶発的なものも計画的なものもあるが、悪の産物であることに変わりはない。犯罪が発生すると、さまざまな証拠資料を集めて犯人を検挙し、動機などを調べたがすべて明らかにできるとは限らない。素質によるものか環境によるものか明らかにし、犯罪の予防や被疑者の更生に役立てることにしていた。

午後一時から三時まで長野原駅前でヤミ米の一斉取締りをしたが、これは久しぶりであった。一定量以上の食糧を所持していたり、常習的な者が対象になっていたが、その線引きだって簡単ではなかった。一斉取締りの網にかかるのはごく一部の者に過ぎず、検挙されれば食糧が没収されて罰金を支払わされることになる。一罰百戒をねらっているのかもしれないが、多くの矛盾を抱えていたために一律に取り締まることができなかった。

二月三日（土）晴のち小雪

緬羊の窃盗事件の捜査の予定であったが、駐在さんの都合で変更せざるを得なくなった。農協の窃盗事件には専従していなかったが、捜査の経過は知らされており、捜査主任の指示によって川原湯方面に出かけた。あちこち飛び回って聞き込みをしたが、肝心な捜査の資料を得ることはできなかった。

駅前の商店の主人はいろいろのことを知っており、土曜日の半ドンであったが聞き込みをして有益な話を聞くことができた。息子さんと将棋を指したがこれは私的なものであり、窃盗事件について尋ねたがこれは公務であった。刑事の仕事には公私の別がつけにくいものが少なくなく、良心的な職務の執行が求められている。

二月四日（日）曇

午前十時まで床に入ったまま本を読み、切り餅があったので汁粉をつくって簡単な朝食とした。葦の会で発行している『生きる悩み』を読んだが、世の中に悩みを抱えている人がたくさんいることを知った。悩みを解消した人の体験談を読んだが、悩みの質はだれも異なっていた。参考になることが少なくなく、悩みを糧として苦難の道を乗り越えることにした。

二月五日（月）晴

ウィーポンキャリアーや四MCというアメリカ軍の払い下げの自動車が出回るようになった。進駐軍の指示により警察でも一斉に調査することになったが、長野原町ではアメリカの車両を所有している者は一人もいなかった。

進駐軍の指示は絶対的なものであるが、警察にあっても上司の指示命令に従わなくてはならない。軍隊では上官の命令は絶対的であって反対することができず、意見を言うこともできなかった。

捕虜になったとき、アメリカ軍では公私の別がはっきりしていたし、上官の命令であっても自己の意見を主張した兵隊がいた。日本人と考え方が大きく異なっており、ロボットのような生き方はしたくないと思うようになった。

二月六日（火）晴

緬羊の窃盗事件の捜査のため、北軽井沢の駐在さんと長野県に出張することになった。五時に起きて長野原駅に向かったが、道路はこちこちに凍っていたため滑って転びそうになった。始発の列車はいまだスチームが通らず、顔見知りの人と乗り合わせたので雑談をしているうちに渋川駅に着いた。上越線や信越線に乗り換え、約束の時間に軽井沢駅で駐在さんと落ち合うことができた。

ふたたび列車に乗ってくっきりした浅間山を眺め、小諸の駅で下車して家畜業者や織物業者などを巡った。さらに上田まで足を伸ばしたが捜査を終えることができず、署長に報告すると引き続いて捜査するように指示された。

近くの別所温泉に泊まることにしたが、予算の都合があったので宿泊料金を尋ねると五百円とのことであった。和泉旅館に泊まって夕食を済ませてから風呂に入り、分厚い布団に横たわってくつろぐことができたのは初めてのことであった。

二月七日（水）晴

気温はきのうと変わりはなかったが、風のためか異常な寒さを覚えてしまった。かばんをぶら下げて歩いての捜査だからはかどらず、警察手帳を示すとびっくりする業者もいた。あらかたの捜査を終えたので信越線で軽井沢の駅で降り、草津温泉行きの電車に乗り換えて帰ることにした。草軽電鉄は白根鉱山の硫黄と草津温泉の客を運ぶために貨客混合になっており、駐在さんは北軽井沢駅で下車したが、私は三原駅でバスに乗り換えることにした。

長野原行きのバスを待っていると国家地方警察のM刑事に出会い、誘われて三原劇場の防犯映画を見ることにした。主演の石川巡査のヒューマニズムに富んだ活躍ぶりに感動させられ、そのように生きたいと思った。どんな理想を掲げても、現実とのはざまで悩まされていたため、いつの間にか現実と妥協するようになっていた。

映画を見たために最終のバスに間に合わなくなり、やむなく近くの旅館に泊まることになった。M刑事は公務でやってきていたし旅館の人たちと懇意にしていたが、私は私的なものであったため宿泊代金は支払うつもりでいた。

二月八日（木）晴

宿泊代金を支払おうとすると、料金を教えてくれないし、受け取ろうともしない。以前、食堂でカレーライスを注文し、代金を支払おうとしたら、お巡りさんからは金はもらえないと言われたことがあった。注文をして代金を支払わないと、こじき同然になってしまうんですと反発し、受け取ってもらったことがあった。あのときと情景は似ていたが、今回はM刑事と同じ部屋で泊まっていたため露骨な話ができなかった。どのように説明しても受け取ってもらうことができず、勘定がプラスになると感情がマイナスになることが分かった。

バスや列車に乗るとき、予算措置が講ぜられていなかったから支払うことができなかった。警察官職務執行法によると、興行場や駅などに立ち入ることができるとされており、そのことを根拠にして乗り物に乗ったり、映画を見るなどしていた。公私の区別がしにくかったが、関係者にも事情が分っていたらしく料金を請求されたことはなかった。

午後二時から白井旅館で国家警察長野原派出所、草津町警察署、長野原町警察署の犯罪捜査担当者の連絡会議があった。さまざまな意見が交わされたから会議の形式は整っていたが、会議が終わると遅れた新年会みたいになっていた。

二月九日（金）晴

農協の金庫破りがいまだ検挙にならないが、今度は農協の倉庫から十三俵の玄米が盗まれたとの被害の届け出があった。計算間違いということも皆無ではなかったし、業務上横領ということも考えなければならなかった。

盗難の疑いで捜査が開始されたが、いずれにしてもトラックが使用している公算が強かった。トラックの所有者と運転免許のある者をターゲットにすると、農協で運転できるのはKさんのみであった。ふだんの行動について内偵したが、だれもまじめな人だと言うばかりで不審な点を見つけることができない。

二月十日（土）小雪

食糧配給公団に行って二十五年度の養蚕加配米などを調べたが、土曜日のために午前中で打ち切りになった。

午後は小田切秀雄著の『文学論』を読んだが、仕事の上で役立つとは思えなかった。犯罪の捜査のためには法令の知識が必要なことは分かっていたが、昇任試験を受ける気になれず熱が入らない。ところが文学や哲学などの本を読んだり映画を見るのが楽しくなり、いままでは生きがいのようにもなっていた。
夜は大津劇場で『転落の詩集』の映画を見たが、石川達三著の原作を読んでいたために新たな感動を覚えて涙ぐんでしまった。

二月十一日（日）晴

Y巡査が日直勤務だったため、警察署に出かけていって将棋を指した。このごろは負けることが多くなり、相手の力が上だと認めざるを得なかった。囲碁や将棋にあっては勝ち負けがはっきりするが、人生の勝ち負けはだれがどのように判断するのだろうか。警察にはたくさんの階級があるが、それが実力のバロメーターになっているとは限らないし、人格とは別問題であった。
青年団の卓球大会が開かれていたので見にいったが、これも勝敗が明らかであった。試合を見ているうちに気がついたのは、強い人の姿勢はスマートで弱い人にはぎこちなさが見られた。競技であるから勝敗を競うのは大事なことであるが、それ以上に大事なのはスポーツマンシップではないか。

二月十二日（月）晴

農協の玄米の紛失事件は業務上横領と窃盗の両面の捜査であったが、いつになってもはっきりさせることができない。刑事の仕事は疑いを抱いてそれを解いていく謎解きゲームみたいなところがあり、そのためには知識や経験が必要であった。

捜査を重ねると盗難の疑いが濃厚になってきたが、これだって決定的な資料があったわけではない。事件が解決しないと非難されたりするが、刑事は捜査の経過を報告して署長の指示に従って捜査するだけであった。

二月十三日（火）晴のち小雪

粉雪がちらついており、ことしに入って一番の寒さのようだ。寒稽古が始まったので更衣室で柔道着に着替えたが、指導者がいないため技術を磨くためか、精神力を鍛えるためか分からない。一時間で終えると汗びっしょりになったが、汗をぬぐう設備がなかったため、そのまま着替えをせざるを得なかった。

捜査のために山の中のS集落に入ってTさんのところに立ち寄ったが、事件についてはまったく知らないという。いまだ電気が通じていないためラジオを聞くこともできず、夜はランプを使用しているという。

このような場所で生活していると不都合ではないですかと尋ねると、むかしからここで生活をしているから慣れており、人に接する煩わしさもないから、だれに気兼ねすることもなく伸び伸びと暮らすことができるんだよと言われた。人はそれぞれの生き方をしており、このように言われて認識を変えざるを得なくなった。

二月十四日（水）小雪

床に入ってから『三太郎の日記』を読んだが、強風が隙間から漏れて襟首をなでていた。

けさの寒さも、きのうに劣らず厳しいものであったが、丸三年が経過したため少しは生活に慣れるようになった。

お世辞を言われるのも好きではないし、相手に迎合することができないため率直に話すことにしていた。そのために嫌われたりすることもあるが、心にもない話をして好かれようとは思わない。

当直の夜を一人で過ごしていると、A飲食店から酔っぱらいが暴れているとの届け出があったので駆けつけた。警察官と分かるとおとなしく、一人で帰ると言い出したのでその場は収まった。酔っぱらいには強く出るとおとなしくなり、おとなしく出ると付け上がる者がいるが、一律にいかないため取り扱いに苦慮させられる。このような現象はいたるところに見られるが、自然の摂理みたいなものであった。

国鉄の車掌をしている小学校の同級生のS君が、最終列車でやってきて警察に見えた。懐かしかったし、馬が合ったが始発の列車に乗る都合があったので一時間ほどで話を打ち切らざるを得なかった。

二月十五日（木）曇

Mさんが詐欺をしているらしいとの情報があったが、関係者の話によって多額の小切手を不渡りにしていることが分かった。犯罪の疑いが皆無ではないので捜査すると、不正な行為をして資産を残している疑いが濃厚になってきた。どんなに内偵しても証拠をつかむことはできず、巧みに法網をくぐり抜けていることが分かった。偉いという人もいれば、けちだという人もおり、人の見方がさまざまであったが、容疑を払拭できないため引き続いて捜査することにした。
最近、新聞やラジオが警察法改正の動きを報じるようになった。小さな警察署では大きな事件に対応するのは難しく、ボスと署長が癒着しているところもあると報道していた。どれほど事実を伝えているか分からないが、自治体警察が廃止になっても人権尊重と公僕の精神は失いたくないものである。

二月十六日（金）小雪

中之条区検察庁の副検事と検察事務官が見え、先に書類送致してあった窃盗や傷害の被疑者の取り調べをした。すでに関係者の呼び出しをしてあり、取り調べが始まると怒鳴り声が聞こえるようになった。認めているとおとなしい取り調べとなり、自供を得るためのテクニックと思われた。警察でも似たような取り調べをしているが、これも戦前から引き継がれている悪しき習慣かもしれない。
自転車を修理に出してあったため、歩いての捜査となった。容疑者には二面性があるらしく、褒める人もいればみそくそにけなす人もおり、人物像がはっきりしない。どんなに捜査しても立証できるものはなく、捜査を打ち切らざるを得なかった。

二月十七日（土）曇

立春を過ぎて寒さがゆるみ、日が当たった道路はぬかるんでいた。徐々に春に向かっていたが、桜が咲くのが四月の下旬であったからまだ先のことであった。人間は自然に順応しながら生きており、マンネリズムに陥っていないか気になってきた。毎週、木曜日と土曜日に寒稽古が実施されていたが、これもマンネリズムになっており、どれほどの効果が上がっているか分からない。

電力会社のTさんが本を借りにきたので雑談をし、電力会社で働いている人の生活ぶりを知ることができた。読書や趣味を通じて多くの人と知り合いになったが、この人たちとは長く付き合えても、仕事を通じて知った人とは一過性になりがちであった。

二月十八日（日）晴

一人で当直勤務に当たっていたが、届け出もなければ電話もかかってこない。羽仁五郎著の『つねに若くて美しく』を読んだり、のど自慢コンクールを聞くなどした。夜間は『芥川賞全集』のうちの一冊を読み終えるなど、読書にふけることができた。

二月十九日（月）晴

M商店の倉庫から米俵が盗まれた事件は、関係者の話に食い違いがあったから事実がはっきりしない。錯覚によるものなのか、だれがうそをついているか分からないが、犯罪の疑いがあったから捜査しなければならない。どのようにしても真実を明らかにすることができず、内偵しながら様子を見ることにした。

O集落の竹林の竹が盗まれたのは事実であると思われたが、被害者は届け出ようとしない。

犯人がだれか知っているらしかったが、捜査を始めると、なかったことにしてくれませんかと言うばかりであった。この地方では法律よりも、義理や人情を大事にする傾向があるらしく、捜査に協力してくれる人はいたって少ない。

お巡りさんは嫌いだという声が聞かれるが、警察がなくなった方がよいという話を聞いたことはない。職務質問をしたり、各種の違反の検挙したり、威張る者がいるから嫌われるのかもしれない。どんなに嫌われようと差別する気になれなかったのは、みんな法の下に平等と考えていたからであった。

夕方、小学校で社会学級の一環としての映画会があったが、これは小島政次郎原作の『こころの妻』であった。

二月二十日（火）晴

警察官にも勤務時間が決められているが、刑事の仕事は不規則であったから守りにくかった。計画を立てたり約束をしても、突発事件が発生すると守れなくなる。約束を守ることは大事なことであるが、そのことだけで信用の目安にしたくなかった。

午後一時過ぎに先輩と農協に行くと、笑いながら話していた職員が黙ってしまった。私一人であったらこのようにはならないが、先輩は敬遠されているらしかった。世の中にはさまざまな人がおり、近寄ってくる者もいれば避けようする者もいるが、多くの人に接してだんだんと人の見方が分かるようになった。

二月二十一日（水）晴

飲食店のおかみさんから、無銭飲食をされたとの届け出があった。訴えられた男には資産はなく、いままでの付けがたまっていることが分かった。借金の督促みたいなことはしたくなかったため受理をためらっていると、警察はそんなに冷たいんですかと詰め寄られた。犯罪の疑いがまったくないわけではなく、男を呼び出して事情を聴いてから対処することにした。

初めは支払っていたが金額が多くなってきたため、請求されても支払うことができなくなったという。取り調べを受けたために反省の気持ちになったらしく、少しずつ支払うと言ったため、その旨をおかみさんに告げると納得したらしかった。

二月二十二日（木）曇のち小雨

厚い雲がかかっていたが、いつもより暖かい感じがした。雨が降りそうな空模様であったため、バスに乗ってO地区での窃盗事件の捜査に出かけた。パン屋さんに立ち寄って焼きたてのおいしいパンで昼食にし、聞き込みを続けていると雨になった。山の雪も溶けるかもしれないし、大地に恵みをもたらしてくれたが道路を泥んこにしていた。

帰りのバスで辺りの景色を眺めると、傘を差している集団で下校している生徒が見えた。バスが通過するたびに一斉に傘を横にしてはねる泥を避けていたし、町の中の商店のガラス戸は、はねた泥で汚されていた。

羽仁説子著の『愛情について』を読んだが、美しい夢の世界を見ているような気にさせられた。人にはそれぞれの生き方があり、正しいと信じて実行することは立派なことだと思った。ところが世の中には目的や手段を間違えた信念の持ち主もおり、とんだことになってしまうこともある。

二月二十三日（金）晴

寒いときには自炊や洗濯がつらかったが、きのうに続いて暖かかった。人間が社会の一員である限り一人で生きることはできないが、できるだけ他人を頼らずに自分で処理したいと思っている。

上司にへつらって部下には厳しい者がいるが、このようなことは珍しいことではない。人間は感情の動物といわれているが、このようにすることによって感情のバランスをとっているのかもしれない。

巡査になったときに「お茶以外はごちそうになるな」と教えられたが、あれから三年以上が経過している。ヤミ米を拒否し続けて餓死した裁判官がおり、その精神を受け継ぎたいと思っても、だんだんと現実と妥協するようになっていた。

ストーブを囲んで先輩との雑談になったが、考え方が異なっていたからしっくりしない面があった。それでもお互いの考えが理解できるようになったため、同僚とはわだかまりなく話し合えるようになった。

二月二十四日（土）晴

給料日は二十五日になっていたが、支払いは月曜日だといわれてしまった。手元にあったのはたったの四十一円であり、それでやり繰りしなくてはならなかった。どんなにひもじい思いをさせられても、戦争で飢えと闘った経験が強みになっていた。

世間をにぎわしていた山際啓之や藤本左文（日本大学ギャング事件）の判決があり、新聞が大々的に報じて悪を追放する姿勢を示していた。世の中にも悪を追放する気運が高まってきたが、犯罪の動機はさまざまであったから一律に論ずることはできない。職を失って家族を養っていかなくてはならなかったり、遊興に使いたいなどさまざまであるし、悪賢しい人は巧みに法網をくぐり抜けている。犯罪を犯したから悪い人と単純に決めることはできず、検挙されない人にも悪い人がいることが分かってきた。

午後から読書を始め、羽仁説子著の『愛情は幸福とともに』を読み、「人間は考える葦である」といったパスカルの言葉を思い浮かべた。

二月二十五日（日）雪

昨夜は雨であったが、起きたときには大雪になっていた。布団に入ったまま枕元の本を読み始めたが気乗りがしないため書店に出かけていき、主人と雑談したり写真集を見せてもらうなどした。本を買う金の持ち合わせがなかったが、読みたい本があったので注文した。

家に戻ってこたつに入って雪景色を眺め、Y先生から借りた林房雄著の『息子の青春』を読んだ。夜は福田恒存著の『太宰と芥川』を読み、芥川龍之介や太宰治の人間像を知ることができた。

二月二十六日（月）晴

雪解けの泥んこ道を歩いて出勤すると、農協の玄米を盗んだのがKさんであることが分かった。先輩の刑事がこつこつと捜査をし、米俵を盗んだことを突き止めたというが、金庫破りの容疑も濃厚であった。

町の有力者が署に見えて署長と話し合っていたが、それは嘆願のようだった。裏付けをとるために農協の関係者から話を聞いたが、異口同音にまじめな職員だったという。犯罪の動機となっていたのがギャンブルらしかったため、詰めの捜査をすることにした。

給料日のためか大同銀行の女子行員が「群馬たのしみ貯金」の勧誘にくると、からかった先輩がいたが預金する者はいなかった。気の毒になってしまい勧誘されたので一口入ったが、それは本意ではなかった。

二月二十七日（火）晴

五時二十五分に目覚まし時計をセットしておいたが、五時に目を覚ました。草津町警察署のT巡査と少年会議に出席するために出かけたが、会議まで間があったので映画館の看板を眺めたり、商店街を巡るなどした。偶然に出会った同級生に懐かしさを覚えたが、話をするほどの時間の余裕がなかった。

高崎市署の会議室の課長や係長の席には火鉢が与えられていたが、われわれは寒さに震えていた。講師の話は難しくて理解しがたいものがあったが、知識のあることを披露したかったのかもしれない。犯人検挙の自慢話をする者の話は聞きやすかったが、少年の補導に役立つとは思えなかった。非行少年の補導に役立つと思える話には堅苦しいものが多く、もっとやさしく話してもらいたかった。

休憩のときに少年係の雑談を聞いていると、多くが補導よりも犯人検挙に重点をおいていた。このような考え方を改めるための会議であったが、一日だけでどれほど成果が上げられたか分からない。

二月二十八日（水）雪のち雨

大粒の雪が降っていたがやがて雨になり、警察署の会議室で古物商の会議が開かれた。参加者は約二十名であったが、会議の内容は分からなかった。終了するとすぐに宴会になったが、この席は盛り上がったという。

あちこちで小さな自治体警察署の廃止が話題になり、署員の間でも議論されるようになった。私が意見を言ったところ、酒が入っていた次席から反発され、一か月に一人の犯人も検挙ができない刑事は給料泥棒みたいなものだと言われてしまった。腹が立ったが聞き流すほかはなかく、署長や次席に煙たがられる存在になっていることは分かっていた。職にとどまっている限り避けられそうもなかったが、町の嫌われ者にはなりたくなかった。

三月　農協の窃盗事件

三月一日（木）雨

昨夜、O地区でおばあさんの自殺があり、捜査主任が検視をした話を聞かされた。自殺にはいろいろの原因があるが、悲劇の終末であることに変わりはない。

午前中は農協の現金と玄米の窃盗事件の打ち合わせがあり、捜査方針が決められて専務理事から聞くことになった。犯人が農協の職員であったり、机の引き出しに隠しておいた合いかぎが利用されていたことをひどく悔いていた。農協でも集落でもボス的な存在になっていたが、これからも力が維持できるかどうかは分からない。

犯人の関係者には町の有志もいれば学校の先生もおり、町長の甥（おい）と犯人の妹が結婚していることも分かった。前科者はとくに嫌われたり避けられる傾向があり、身内から犯人を出すことが恥と思っている者が少なくない。義理や人情にしばられているような社会にあっては、新しい憲法の精神を浸透させるのは容易ではなさそうだ。

午後七時からO地区の青年会場で『東京キッド』の映画があったため、三キロの坂道を自転車を押しながら見に行った。物好きと思われてしまったが、映画や読書は楽しみであっただけでなく生きるための糧にもなっていた。

三月二日（金）晴

上司に命ぜられて元の町長さんから事情を聞いたが、何も知らないというばかりであった。犯人をかばいたくなる気持ちが痛いほど分かったが、ようやく供述調書をつくることができた。すべての事実を明らかにすることができなかったが、本人が語らないとあっては致し方のないことであった。

預金関係を調べるために銀行の支店に行くと、個人の秘密になることは教えられないと拒否された。改めて「捜査関係事項照会書」を持参し、書面で回答を求めることにした。

夕方、警察で発行している月刊誌の『上毛警友』を受け取ると、私が投稿した「捕虜生活の想い出」が載っていた。うれしいような気恥ずかしいような妙な気にさせられたが、これは初めて活字になった私の文章であった。

三月三日（土）晴

午前五時にサイレンの音で目覚め、一瞬火事かと思ったが消防訓練と分かった。うとうとしているとふたたびサイレンの音で目を覚ましたが、これは警察署の定刻の六時の知らせであった。六時半に懇意にしている人の息子さんが餅を持ってきてくれたため、お節句と分かった。人から物を頂くのは好きではなかったが、けさの好意はすなおに受け入れることができた。

午前八時三十分発の列車に乗って『小説新潮』を読み、中之条駅で下車すると、待合室にいた女子高校生の下品な言葉が耳に入った。中之条での裏付け捜査を終えると正午過ぎになり、町に戻ると農協事件が格好の話題になっていた。

学校の先生に嫁いでいる犯人の妹は外出できずに家に閉じこもったままであり、先生もひどく悩んでいるという。世の中には犯罪を犯しても捕まらない人がいるし、有罪の判決を受けてもまれにはえん罪ということもある。たとえ前科があってもなくても人間であることには変わりなく、人を差別してもらいたくないものだ。

三月四日（日）晴

国家地方警察の派出所の前を通ると囲碁をしていたため、興味があったので眺めた。上手（うわて）の人の囲碁は打った手が分かりにくくても、下手（したて）の者が打つ手は分かりやすいため、実力の低度が分かるようになった。

囲碁を見ていたとき窃盗事件の発生の知らせがあり、現場に急いで被害者の話を聞いた。証拠になるものはなかったが、先月までうちで働いていた前科のある男に間違いないという。窃盗の前科があるために盗んだと決めつけていたが、それは捜査しなければ明らかにできないことである。

三月五日（月）晴

きのうに続いて窃盗事件の捜査をすると、被害者は資産家であったが、けちといわれていた。容疑が濃厚であったため任意同行を求めるとすなおに応じ、捜査主任が取り調べをした。

朝早くから夜遅くまで働かされても給料はもらえず、その分をもらっただけだと供述した。これが事実であるかどうか明らかにしなければならず、ふたたび被害者から話を聞くと、食わせてやったから給料を支払っていないと言った。犯罪であることに間違いないが、処罰する価値があるかどうか分からないため任意の取り調べとなった。犯罪にもいろいろの形態があってそれぞれ異なっており、この男と雇い主の関係も気になった。

三月六日（火）曇

きのう作成した供述調書に一字の間違いがあり、捜査主任から指摘された。事実を正しく把握するのは捜査の基本であり、一字の間違いであってもとんだことになりかねず、肝に銘じることにした。

捜査主任が農協の窃盗事件の被疑者の取り調べをしたとき立ち会ったが、厳しく追及されていた。思うように話すことができないらしく沈黙しがちであり、捜査主任が席をはずしたとき雑談をした。緊張の糸がほぐれたらしく本音で話すようになり、捜査主任がふたたび取り調べをするとすなおに認めるようになった。裏付けを取って供述に間違いないことが分かり、逮捕状の請求となった。

三月七日（水）晴

警察法施行の三周年の記念日であったが、警察の関係者以外の人には関心が薄かった。

逮捕状請求書を持って中之条簡易裁判所へ行ったが、判事さんは午後に出勤する予定だという。近くの本屋さんに立ち寄るなどして時間をつぶし、清水幾太郎著の『私の社会観』など三冊を購入したり昼食をするなどした。

午後一時ごろ裁判所へ行くと、判事さんの都合できょうは見えないと言われてしまった。前橋まで行くことができずにとまどっていると、書記が判事さんに電話で問い合わせをした。話の内容を聞かせてもらうことはできなかったが、書記の代筆で逮捕状が発布されたため受け取ることができた。このようなことが許されるかどうか疑問に思ったが、法律に詳しくなかったから分からない。

先に注文した本が入荷したとの知らせがあったが、高額であったため半額は給料を受け取ってからにしてもらった。夜、大河内一男著の『読書について』を読んだが、生きるうえで役立つかどうかより楽しいから読むだけであった。

三月八日（木）晴

いまにも雪が降りそうな雲行きであったが、時間の経過とともに明るさを増してきた。バスに乗って草津に出かけたが、雪も厚みを増していただけでなく寒さも厳しいものになっていた。長野原から草津までさほどの距離ではないが、標高差があったからかもしれない。

運送店の主人とは顔見知りになっていたため、気軽に話を聞くことができたので早めに裏付けの捜査を終えることができた。バスの時間まで間があったため草津町署に立ち寄り、署長さんや署員と雑談をした。囲碁や将棋の話になったとき、だれもが勝敗にこだわっており勝つことに執着していることを知った。

出世することや財を成すことに懸命になっていたり、自分の欲望を満たすことには熱心な者もいるが、そのことが世の中の役に立つとは思えない。勝利したために人を傲慢にさせることもあり、敗北に悲哀を感じることがより人間性を豊かにしてくれるような気がした。

帰りのバスは泥んこ道を暴れるように走り、バウンドを繰り返していたため客はいすからほうり出されそうになった。バスには予定していた時刻があるらしく、客のことを考慮する余裕がなかったようだ。

夜は獅子文六著の『自由学校』読み、主人公の五百助と妻のお駒が対照的であったのがおもしろかった。

三月九日（金）晴

発電所に勤務している人の話を聞いたとき、この職場にも私と同じような悩みを抱えている者がいることを知った。楽しんでいる時間は短く感じられるが、同じ時間であっても悩んでいる時間の方が長く感じられてしまう。ところが、楽しんでいるときには得ることが少なくても、悩んでいたときの方が将来に役立つことが分かるようになった。

当直についていたとき運送会社の社長さんが見え、会社内のごたごたが解決することができたと言ってきた。どんな内容か分からないが署長に伝えることにしたが、責任者になるといろいろと気を遣うことを知った。

小学校のY先生に誘われて伊豆大島に行くことにし、すでに署長の許可を受けていた。仕事に支障がなくて天候がよい日に決行することになっており、あすの土曜日に休暇が取ってあったので仕事を終えてからY先生と打ち合わせをした。私が知っていたのは三原山と波浮港と椿油ぐらいなものであったが、船に乗るのも一つの楽しみであった。

三月十日（土）曇

伊豆大島に行く予定にしていたが、天気予報に耳を傾けると雨だったので取りやめることになった。

窃盗事件の参考人から事情を聞くことになったが、最初の人からはスムーズに答申書を書いてもらうことができた。つぎに訪れた家では警察官と告げるとびっくりし、刑事が敬遠されていることが分かった。いろいろと話をして説得させてようやく書類をつくることができたが、参考人もさまざまであった。

半ドンであったため他行（たこう）の許可を得て原町に出かけた。銀星座の『荒城の月』の映画を見ることにしたが、あいにくと休館になっていた。書店に立ち寄って読みたい本を探して三冊を購入し、有効に時間を使うことができた。

廃館になっていた大津劇場は小屋同然になっていたが、映画がかかったので見ることができた。題は覚えていないが金語楼が主演のおもしろいものであり、帰ってから坂口安吾著の『白痴』を読んで人の味わい方にいろいろあることを知った。

三月十一日（日）曇

日曜日であったが臨時の招集となったため、予定を狂わされた署員もいた。署長の訓示や次席の口頭指示があり、その後、けん銃操法や逮捕術や月例試験などがあった。これは定期招集と同じようなものであったため、ぶつぶつ言っていた署員もいたが、署長の命令に従わざるを得なかった。

午後一時から一人の公安委員が替わったための任命式があり、臨時招集の理由が分かった。新たに公安委員になったのは元の農協の組合長であり、署長は辞めた公安委員には絶大な賛辞を送っていた。任命式が終了すると歓送迎会の名の酒宴となり、堅苦しい雰囲気がなごやかな場になった。酔っぱらってうっぷんを晴らす署員もいれば、ふだんは無口なのに、はめをはずして冗舌になる者もいた。私は酔っぱらった経験がなかったら酒飲みの気持ちは分からないが、高揚した気分になるらしかった。

三月十二日（月）曇

出勤すると署長から代休を取るように言われ、同僚には囲碁や将棋をする者もいた。私は家に戻って『ジキル博士とハイド氏』を読んで過ごしたが、どうしても『荒城の月』を見たくなってふたたび原町に出かけた。いつ始まるか分からないと言われて引き返し、川原湯温泉に泊まっていた親類の人を訪ねた。親しい間柄ではなかったが共通している話題がたくさんあったため、腹蔵なく話ができるようになった。気を許したのか、自慢話を聞かされたが、あまりにも大げさなのでうんざりさせられた。

三月十三日（火）晴

天気予報が、低気圧がはるか南方の洋上に去って高気圧が大陸から南に延びていると伝えていた。きのうは曇っていたのに暖かく、きょうは晴れているのに寒さを覚えてしまった。天候には予測できないことがあったが、私の人生だって一定しておらず、警察官を辞めたいと思ったり続けたいと思ったりしていた。

炭を盗んだ人がいると聞いたため捜査をしたが、被害者には否定されてしまった。参考人には何も知らないと言われ、被害にあったのは事実と思われたが明らかにできない。犯人が検挙になると関係者に大きな影響を及ぼすことになりかねず、波風を立てないような配慮がなされていたらしかった。

三月十四日（水）晴

Sという三十七歳の男が泣きながら警察にやってきた。事情を聞いたところ、昨夜、朝鮮人のKに殴られ怖くて家に帰ることができないという。被害書類をつくろうとしたが拒否され、Kとの関係を聞いたがあやふやな供述をするばかりであった。そのままにしておくこともできず、Kさんを呼び出して事情を聴くと殴ったことを認めて平謝りに謝った。私に謝るより被害者に謝ったらどうかと言うと、被害者にわびを入れたために一件落着となった。

午後二時ごろ、火災を知らせるサイレンが鳴り、急いで現場に駆けつけた。小さなお堂が燃えていたがすぐに消し止められ、被害は軽微であったが、火の気のないところからの出火であった。山林に燃え移る危険があったため原因を調べることにしたが、聞き込みをするところもなければ証拠物もなかった。原因を明らかにすることができなかったが、重大な問題であったため継続捜査となった。

三月十五日（木）晴

H集落で強姦事件があったことを聞き込んだが、どのように捜査しても被害者が分からない。強姦があったのは事実と思われたが、関係者には公にしたくない事情があったらしく、新たな情報が得られない。打ち切ればつぎの犯罪が生じかねないし、公に捜査を続ければうわさを広めてしまうおそれがあった。人権にも配慮しなくてはならず、いろいろ考えてひそかに内偵することにした。

民主主義という言葉がだんだんと色あせ、ファッシズムとかコミュニズムが台頭するようになった。世の中が少しずつ変化していることは確かだが、ふたたび戦争の道を歩まないようにしてもらいたい。個人がどのように考えようとも自由であるが、相手の立場を無視するようなやり方はしてもらいたくない。

三月十六日（金）晴

定期招集日であり、署長の訓示があったがマンネリ化していた。ところが今週は共産党の八幹部の追放者に対する捜査週間になっており、そのために具体的な指示がなされた。新聞が大きく報道していたが、山の中にやってくると思った署員はいなかったため、八幹部の名前を知っている者は少なかった。

警察本部からは川原湯温泉か北軽井沢の別荘に潜んでいるとの情報が寄せられたため、そこを重点に捜査することになった。川原湯温泉には数軒の旅館があったし、北軽井沢の別荘にはたくさんの著名な学者が住んでおり、どのように捜査をすすめたらよいか検討された。

三月十七日（土）曇

窃盗事件の捜査をしたが犯人の手がかりを得ることはできず、土曜日のために午前中で打ち切った。

午後は長野原小学校に出かけてNHKの「ラジオの集い」と「のど自慢コンクール」を聞いた。小学校の庭にはキャッチボールをする人たちがいたため、仲間に入ってしばらくぶりにボールを手にした。

夕食を済ませてからふたたび小学校へ行き、アメリカの天然色の文化映画を見ることができた。漁業の状況を取り扱ったものであり、美しい海が画面いっぱいに広がったとき、沖縄の慶良間の海と重ね合わせながら見てしまった。

三月十八日（日）晴

午後三時から巨人と松竹のプロ野球の中継を聞いたが、最終回まで熱戦が展開されていた。その後、三遊亭喜楽の落語をおもしろく聞くことができたため、ラジオで楽しい時間を過ごすことができた。

東京では五月初旬の陽気だといい、何万という人が銀座や渋谷や浅草に繰り出しているという。山の中にはいまだ寒さが残っており、こたつから離れることができない。

三月十九日（月）晴

学校をさぼって鉄くずを拾って古物商に売り、金にしている中学生がいた。打ち合わせのために中学校に行くと、なぜか担任の先生は不機嫌のようだった。警察と学校が緊密な連携をして非行少年の補導することになっていたが、お互いの立場が異なっていたからしっくりしない面があった。

先生の中には警察を毛嫌いしている者がいたし、警察官にも日教組を敬遠している者がいたから容易になじむことができなかった。私は親しくしていた先生がいたし、生徒の立場を主体に考えていたから、このようなことに惑わされることはなかった。

鉄道の沿線で山火事が発生したが、原因は列車の石炭の煤煙（ばいえん）と思われた。日本の建物の多くは木造であり、家の中にも外にも燃えやすいものがたくさんあった。

火災予防週間にはさまざま点検や訓練がなされており、旅館などの施設には優・良・可のレッテルが張られて予防に努めるようになった。火災は大きな損害をもたらすため予防が大切であったが、予算などの関係もあって防火対策が追いつかないのが現状であった。

三月二十日（火）晴

長野原町に同郷の出身者がいたので訪ねると、奥さんの知人は私の知っている人であった。同郷であったり同窓生であったりすると親しみを覚えるのは、共通した経験や話題があるからかもしれない。もっとも親しく付き合えるのが生死を共にした戦友であり、思想や信条が異なっていてもわだかまりなく話し合うことができた。
　地元の酒造会社で新酒が披露されることになり、警察官や町の有志などが招かれた。町長さんが除外されていたのは、町長選挙のしこりがいまだあるからだと言われている。ふだんは酒造会社の悪口を言っていた署員も喜んで出かけたが、酒飲みには大きな魅力であったに違いない。酒を飲まないし、そのような席に出たくないために酒が好きな同僚と交代して当直勤務を引き受けた。

三月二十一日（水）晴

　春分の日であったが予定もなかったため、気ままに本を読んだりラジオを聞くなどした。いつものようなパターンになっていたが、変わっていたのは本とラジオの内容であった。

三月二十二日（木）曇

　肌寒さを感じながら自転車で川原湯温泉に行くと、全盛を極めていたK旅館であったが廃業に追い込まれていた。家財道具が処分されているところであり、栄枯盛衰という言葉を思い出してしまった。人間にも浮き沈みがあるが、どのような事態になっても、くじけない精神力を養っておきたいと思った。
　どんな理由で廃業になったか分からないが、主人もおかみさんも知っているため、より哀れさを覚えた。私だって他人から不幸に見られているかもしれないが、それは自分自身の問題であったから苦にすることはなかった。地位や名誉は金で買うことが可能であるかもしれないが、健康や思考は金で買うことはできない。資産や出世などを考えている人も少なくないが、これが幸福のバロメーターであるかどうか考えるようになった。

T旅館に泊まっている夫婦に不審な点があり、男が旅館を出たときに職務質問をした。二人は夫婦でもなければ女の素性もまったく分からず、偶然に知り合って一泊したに過ぎなかった。女にうそを言って旅館を抜け出しており、女から話を聞くと男の話に間違いないことが分かった。男には犯罪歴はなく宿泊代金の支払いを済ませていたし、女にも問題になるようなことは見当たらなかった。

夜の八時ごろ、川原湯温泉で、ばくちをしているとの垂れ込みがあり、召集されて出かけた。現場を取り押さえて駐在所で取り調べをしたが、話が食い違っていたため終了したのが午前二時ごろであった。

三月二十三日（金）曇

昨夜のとばく事件の裏付けのために川原湯温泉に行ったが、K旅館は廃墟のようになっていた。落ちぶれた姿を嘆いている人もいれば、当然の報いだという声も聞かれたが、人の思いはそれぞれが異なっていた。

裏づけ捜査を終えてからある商店に立ち寄ると、一万円のタンスを三千円で売っている古物商のやり方はおかしいと言っていた。刑事になって多くの人に接して人を見る目が肥えてきたが、どうしてもこの男の本心を見抜くことはできなかった。

三月二十四日（土）晴

暑さ寒さも彼岸までといわれているが、きょうの寒さは格別であった。銃砲等の再検査が警察署の二階の会議室で実施されることになり、村田銃などのさまざまな銃がたくさん集められていた。

午後はわいせつ出版物の取り締まりになったが、管内には文房具の販売を兼ねた二軒の小さな書店があった。どちらの店とも懇意にしていたから取り締まりに苦慮したが、わいせつと思える出版物は見当たらなかった。

三月二十五日（日）晴のち曇

署内のさまざまなごたごたで悩んでいたが、小さな自治体警察の廃止が問われるようになった。廃止になれば環境が大いに変わることになり、気まずい上司との関係が解消されるかもしれない、ことによるともっと悪くなるかもしれないが、心機一転した気持ちになれるかもしれない。

初めは山の生活がつまらないと思っていたが、読書会に入ってからは本を読むのが楽しみになった。このことは私の生き方の大きな転機になっており、読書によってたくさんの知識を吸収することができた。それだけでなく、多くの人に接してさまざまなことを教えられ、世の中の見方が分かると矛盾にも気がつくようになった。そのために現実と理想のはざまで悩まされるようになったが、降りかかった難題を避ける気にはなれなかった。

知人のところに遊びに行くと、友人だという娘さんが見えていた。初対面であったがてきぱきしたしゃべり方をしており、新しい女性像を見ることができた。

三月二十六日（月）曇

朝から風がヒュー、ヒューとうなっており、ストーブなしではいられなかった。こんなときに火災が発生したらどうなるだろうかと考えると、背筋の寒くなる思いにさせられた。窃盗事件の捜査も新たな展開を見せることもなく、この日の仕事を終えざるを得なかった。夜、懇意にしている町議会議員を訪ね、警察予算や町議会や公安委員のことなど町政全般にわたって話を聞くことができた。来月には町議会や県議会の議員選挙があり、そのことについても有益な話を聞くことができた。

帰ってきて冷たい床に入ったがすぐに寝付くことができず、枕元にあった岸田国士著の『落葉日記』を読んだ。この著者は北軽井沢の大学村の別荘に住んでおり、何度かお目にかかって話を聞いていたために特別な興味を抱くことができた。

三月二十七日（火）晴

駅に行ったところ、女子高校生が緑の羽根の募金をしていた。積極的に応じる者もいれば、避けるようとして通り過ぎていく者もいた。生徒にも積極的に通行人に呼びかける者もいれば、遠慮がちに声をかけている者もいて人間性に違いのあることを感じた。緑の山を守りたい気持ちが強かったため、積極的に募金をした。

阪神との試合で勝利したために国鉄の優勝が決まったが、予想していた者は少なかったらしい。勝負には運が付きものかもしれないが、実力がなければ優勝できないのではないか。

三月二十八日（水）雪のち雨

朝のうちは雪がちらついており、雪の中を歩いて駅まで行くと大勢の娘さんがいた。何事かと思って尋ねると、原町の銀星座で催されるファッションショーを見に行くのだという。

国家地方警察の私服の警察官もいたが、その者は共産党の八幹部の追跡捜査であった。刑事の目は鋭いといわれているが、私は警察官らしくない警察官になろうと心がけていたため刑事と見られたことは少なかった。そのために警察官らしい警察官になれと発破をかけられたこともあったが、自分の生き方を変える気にはなれなかった。

列車は混雑しており、濡れた雨ガッパや傘を手にしていたが取り扱いはまちまちであった。他人の迷惑を考えず、濡れた傘を乱暴に取り扱っている者もいて公衆道徳に欠けていた。川原湯駅で降りて温泉に行くと、顔見知りの飲食店のおかみさんに出会った。前にいざこざがあったので話しにくかったが、いつまでもいやな気持ちを持ち続けたくなかった。感情の整理をしようと思っていたところ、おかみさんに声をかけられたので話をした。いろいろと話をしているうちに、わだかまりのないことが分かり、私の思い過ごしであったことを知った。

駐在所に寄って詐欺事件の捜査の打ち合わせをしたが、詐欺だ、泥棒だといって犯人を追いかけている刑事の仕事は楽しいものではなかった。いやなことであっても刑事とあっては避けることはできず、世の中のために働くことを生きがいにすることにした。

三月二十九日（木）晴

自転車で川原湯温泉に出かけたが、見えていた山肌も木々が芽吹き始めて見えなくなった。あちこちの谷間には残雪があり、美しい自然の姿に圧倒されてしばし足をとめて眺めてしまった。

T旅館の主人に親しみを覚えたのは、自然のままに生きる姿が見られたからであった。世間では無愛想だとか野暮ったいと見られているらしかったが、都会とか田舎ということで区別するのは嫌いだった。

人間は利口になるほど疑い深くなり、純情な者ほど人を信じる傾向にあるといわれているが、どちらがよいか分からない。人間にはつかみどころがなく、そこに人間のおもしろさや頼りなさがあるように思えてきた。

三月三十日（金）晴

詐欺事件の捜査のために郵便局に立ち寄ると、真っ先に局長さんからわびを入れられた。以前、局員から執拗に生命保険を勧誘されて断り切れなくなり、一回限りの条件をつけて契約したことがあった。二度目に集金にきたとき、そのことを告げてきっぱりと断ると、その後はだれからも勧誘されることはなかった。私はそのことを苦にしたことはなかったが、局長さんはそのことが頭にあったらしかった。

つぎに川原湯の郵便局にいき、詐欺事件について話を聞くことができたし、K旅館の廃業にいたるいきさつについても話をしてくれた。Y旅館に行ったのはしばらく振りであり、用事が済むと奥さんから風呂をすすめられた。勤務中であったから断ろうと思ったが、人間関係を壊したくなかったため、初めて旅館の風呂に入った。

三月三十一日(土)晴

朝早くSという男が警察にやってきたため、何事かと思って話を聞いた。Kという男に二万円をだまされたと言ったが、詳しく聞くと以前から付き合っていたことが分かった。二万円を貸したが返済されていないことに間違いなく、詐欺の容疑があったため本人から事情を聴くことにした。

最初に原町の参考人の家を訪ねると、そこにKさんの姉さんが見えていた。参考人の話を聞き終えてから姉という人の話を聞くと、戦争中は北海道で働いて苦労していたが,戦後に実家に戻ってからも酒がやめられずに、あちこちで借金するようになったという。何度も警察の取り調べを受けたが、身内から前科者を出したくないため金の工面をしては示談にしていたため、罪に問われたことがないことが分かった。

このような事情を知ると捜査の難しさを思い知らされたが、どのような事情があっても私情を差し挟むことは許されず、引き続いて捜査することにした。中之条までぶらぶら歩いていたとき、梅の花がほころび始めているのを知った。

ラジオの天気予報に耳を傾けると、あすは晴だと報じていたため小学校のY先生に連絡し、あす、伊豆大島に行くことにした。

四月　詐欺事件の捜査

四月一日（日）曇

小学校のY先生が迎えにきたので駅まで歩き、八時三十八分発の列車に乗ったが、いつもと違って浮き浮きした気分になっていた。渋川駅で上越線に乗り換えるなどし、上野駅に着いたのは午後二時ごろであった。月島の出港予定が午後九時三十分であり、プロ野球を見たくなったので後楽園に行った。

プロ野球を見るのは初めてであり、松竹と巨人戦が始まるところであった。風が強くてアナウンサーの声も聞き取りにくく、砂塵のためにしばしば中断された。試合は四対三で松竹が勝利したが、プロの技術のすばらしさに堪能することができた。

後楽園から神田に出て古本街を眺め、ネオンが町並みを明るくしていた銀座を一巡りした。夕食を済ませてから月島港に行って東海汽船の菊丸に乗ったが、このような船に乗るのは久しぶりであった。定員は五百名とのことであり、定刻の午後九時三十分に出港したが、到着時間の都合で途中で停泊することになった。

四月二日（月）雨

船が洋上に出るとローリングとピッチングを繰り返し、船酔いをする者が続出するようになった。船舶兵であったから荒れた海もさほど苦にならなかったが、Y先生は船室に引っ込んでしまった。

船は予定の時刻に岡田港に着いたが、天気予報と異なって土砂降りであった。はるばる列車と船を乗り継ぐなどしてやってきたが、雨具がないために念願の三原山に登ることができない。空を眺めながら雨がやむのを待ったが、明るくなったかと思うと黒い雲に覆われ切歯扼腕させられた。

いつになってもやむ気配を見せず、朝食をしたり牛乳を飲むなどした。八時を過ぎたころになると明るさを増し、小降りになったので濡れるのを覚悟して登り始めた。『きけわだつみのこえ』の映画の如くうっそうとした密林に出たが，霧のために視界が狭かったからどこを歩いているか分からない。ひたすら山頂を目指してようやくたどり着くことができたが何も見えず、噴火したばかりの熱い溶岩に触れることができただけだった。

下山することになったが、岡田港がどの方面なのか分からない。御神火茶屋の道標を過ぎてからかなり歩いたが、つぎの道標を見つけることができない。ドライブウェイに出たがどちらに行ったらよいか分からず、観測所があったが人影はなかった。さまようように歩き続けると建物が見えたが、それは御神火茶屋であった。堂々巡りしていたことが分かり、心細くなったとき人の声が聞こえた。近づくと三原山の爆発に備えて警備をしている消防団員であり、岡田港への道順を教えてもらうことができた。

雨はやむことなく降り続いており、びしょ濡れになって、辛うじて出港に間に合った。何度も冷や冷やさせられた三原山の登山であったが、雨と霧に見舞われただけになってしまった。

定刻に岡田港を出航したが、沖に出ると強い風にあおられて船は前後左右に大きく揺れた。甲板で景色を眺めていた人たちも一人去り二人去りしてしまい、おしべりをしていた大学生も船室に戻ってしまった。残ったのは一人だけになってしまったが、船舶兵だったから揺れる船もさほど苦にならなかった。船は予定されていた午後八時三十分ごろ、無事に月島港の桟橋に横付けにされて旅を終えることができた。

午後十一時五十分に上野駅発の列車まで間があったため、浅草などを巡ることができた。

四月三日（火）みぞれのち雨

上野駅発の最終列車に乗り、いすにもたれてうたた寝をした。渋川駅に着いて待合室で仮眠し、始発の列車に乗って長野原駅で降りるとみぞれであった。うすうす感じていたことであったが、署長がK市警察署に転勤になって若い警部補と入れ替わっていた。署員にとって重大な関心事であったが、だれが署長になろうと町のため働くだけだった。

Kという男に詐欺の容疑があり、川原湯温泉に出かけて捜査をした。遊興費に使っていることが分かり、容疑が濃厚になってきた。どうしても決め手を見つけることができず、本人から事情を聴くことにした。

四月四日（水）雨のち曇

相変わらず雨が降っており、目が覚めたのが午前八時であった。署長の引っ越しの手伝いをすることになり、詐欺事件の捜査を中断しなければならなくなった。

奥さんに指図されながら荷物の整理をしたが、用具が不足していたし、慣れていないためうまくいかない。署長はかなり勉強していると思っていたが、書棚にあったのは昇任試験に必要と思われる図書だけであった。生活用品もお粗末なものであったが、給料が安かったし物資が不足していたから致し方のないことであった。

引っ越しの手伝いが公務とは思えなかったが、むかしから続いていたというし、費用が充分に支給されない現状にあってはやむを得ないのかもしれない。

四月五日（木）曇

自治体警察の人事が停滞しているといわれており、そのための人事異動があることを知った。着任してきた署長が署員を前にして抱負を述べたが、形式的なものであっても少しばかりは人となりが分かった。私は公僕としての職務を全うしたいだけであり、署長が替わったからといって影響されることはなかった。

歓送迎会が開かれて来賓の祝辞などがあり、転勤した署長に対しては絶大な賛辞が並べられた。若い新署長に対しては力量に期待すると述べていたが、いずれも儀礼的なものであった。行事が終えると会議室で二百五十円の会費で宴会となったが、酒を飲まなかったから先輩に割り当てられていた当直勤務を交代することにした。

先日、埼玉県からやってきた二人の女性を助けてやったことがあった。当たり前のことをしたただけだったから忘れていたが、達者な文章で書かれた丁重な礼状を頂いた。なんともいえぬうれしさがこみ上げ、親切にすることが大切だと思った。

四月六日（金）曇のち雨

きょうも引っ越しの荷造りであり、近所の人も手伝いに見えていた。傷んでいた家具もあったし、さまざまな形の荷物があった。貨物自動車に積みやすく、運送途中に壊れないようにしなければならず、荷造りも容易ではない。

署長は転勤のあいさつのためにあちこち巡っていたが、餞別稼ぎだと陰口をたたいていた先輩がいた。町当局でも各地区に奉加帳（ほうがちょう）を回して資金集めをしているというが、これもむかしから続けられているという。署長の転勤のときは大騒ぎする人たちであったが、巡査のときには目もくれないのが実情であった。

貨物自動車に荷物を積んで去っていくとき、大勢の人が見送りに見えていた。姿が見えなくなると町の人の声が聞かれたが、融通が効いて立派な人だという人もいれば、せせこましいという人もいた。署員の評価もさまざまであったが、だれからも町のためになったという声を聞くことはできなかった。

町議会議員選挙が近づき、退職する議員に四千五百円のウォルサムの懐中時計が贈られたことが話題になっていた。

四月七日（土）雨のち曇

風をともなって降っていた雨は、四月とは思えぬほど冷たかった。

日掛け貯金が盗まれたとの届け出があり、雨ガッパを着て川原湯に出かけたが被害は二十円であった。わずかな金額であっても将来の運営に備えてのものであり、関係者にとっては重大な問題であった。十八名の会員であったが、抜き取られたものか怠（おこた）った者がいたかはっきりしない。いずれにしても会員以外には考えることができず、それぞれから事情を聞いた。犯人がはっきりすれば組織が乱れることになるため、検挙を望んでいた者は一人もいなかった。それでも被害の届け出をしたのは、捜査してくれれば防止に役立つと思っていたからであった。

川原湯駅に行ったとき、詐欺の被疑者が高崎市署で逮捕になったため身柄を引き取ってくるように指示された。その足で高崎市署に行ったが担当者が不在のために翌日となり、実家に泊まることにした。

四月八日（日）晴

桜の花が満開になっており、花見日和であったが、長靴を履いていたから不釣り合いであった。午前八時三十分に五十三歳の男の身柄を引き受け、手錠を隠しながら列車に乗った。雑談しながら事情を聴くと、女房に愛想を尽かされて逃げられてからぐれるようになり、花柳界に行って一夜をともにした売春婦にほれてしまったという。その金を工面するために知人から借りていたが、借りることができなくなってだましていたことをすなおに認めた。

人には意志の強い面もあれば弱い面もあり、環境によって左右される傾向にあるといわれている。この男がどんな道を歩いてきたか定かではないが、これは取り調べを待つことにした。

四月九日（月）晴

詐欺事件の裏付け捜査のためにふたたび高崎に出かけたが、商店はオープンしていても花柳界は戸が閉められたままだった。近くにむかしの軍隊があったが、ここは戦災に遭（あ）った人たちの住まいになっていた。

近くに友人が住んでいたので訪ねたが不在であり、店の名前を頼りにして経営者の住所を訪ねたが留守だった。近所の人に尋ねると花見をするために観音山に出かけているといい、いつ戻ってくるか分からないためにそれを待つことにした。

携帯していた本を読んだが読み切ってしまい、新たに本を買ったため時間を空費することなく過ごすことができた。みんなが戻ってきたのは午後三時ごろであり、酔っぱらっていたおかみさんに用件を告げた。キミちゃんという売春婦も酔っぱらっており、脂粉（しふん）の香りのする狭い部屋で話を聞くことにした。戦前からたくさんの男を相手にしていたといい、取り扱いに慣れていたため腹蔵のない話を聞くことができた。男にほれられていることが分かっていたため、逃げられないためにほれた振りをしていたという。

人にはさまざまな生き方があるが、ほれた男の考えとは裏腹であることが分かった。

夜の準備があるため詳しい話を聞くことができなかったが、花柳界の一端を知ることができた。帰りの列車内でも本を読むことができたが、これは公務の中の私的なものだった。

四月十日（火）晴

Yという男から盗難の届け出があり、盗んだのはLかもしれない言った。その男の犯行と分かったので任意同行を求め、取り調べを始めると雇い主が見えた。こんなちっぽけな事件は見て見ぬふりをすればいいじゃないかと言ったため、それはできないよと言った。大物のように振る舞い、おれが注意しておくから勘弁してくれと言った。資産があって町の有力者であることは間違いないが、相手がだれであっても法律を曲げることはできない。取り調べをして供述調書を作成したが、新署長がどのように取り扱うかは分からない。

新任署長が引っ越してきたため、都合のつく署員が招かれて酒宴となった。お祝いの雰囲気を壊したくなかったので飲めない酒を少しばかり口にし、署長の話をすなおに聞いた。立派なことを話していたが、どれだけ実行できるかは疑問であった。署長は部下の指導監督に当たるが、私には署長の手腕を見守ることしかできなかった。

四月十一日（水）曇のち晴

マッカーサー元帥がトルーマン大統領に罷免（ひめん）されたというニュースを耳にした。朝鮮戦争のときに満州の中共基地を攻撃したり、中国の国民党を戦争に利用するという発言が国連の信頼を裏切ったとされていた。日本の政治に大きくかかわってきており、今後の日本の歩みにどのように影響するか気になった。

町議会議員選挙が近づいており、火鉢を囲いながら先輩の選挙論議を聞いた。定数が二十二名で、立候補が予想されていたのは三十名であった。すでに買収がなされていたり、戸別訪問をしては投票を依頼している者もいるなど選挙違反に話が及んでいた。選挙は立派な人を選ぶのがたてまえになっているが、どのように選挙運動がなされているか実態はまったく分からない。

四月十二日（木）雨のち晴

H集落で供応がなされたらしいとの情報を耳にし、駐在さんと一緒に捜査することにした。どこへ行っても駐在さんは丁重に取り扱われてさまざまな話を聞くことができたが、選挙違反の話になるとだれの口も重かった。

選挙通といわれている人のところに行くと、いろいろの話を聞くことができた。利口なやつは捕まるようなへまなことはしないし、選挙の捜査では警察に協力する人はいないんじゃないかと言った。だれも選挙の話をしたがらないのは、うかつにしゃべって、その者が逮捕されると村八分にされるおそれがあるからだとも言った。大きな集落で推薦されたり、親類の票が多いほど選挙に有利だということも分かった。

午後五時まで捜査を続け、交代して留置場の看守をすることになった。二人の巡査が前半と後半に分かれて監視に当たり、午前一時から監視についたが、本を読むこともラジオを聞くことも禁じられていた。眠気（ねむけ）を催しても居眠りをすることもできず、睡魔との闘いみたいになっていた。

四月十三日（金）晴

非番の日であったが、選挙違反の取り締まりのために休むことができない。定数が二十二名のところ立候補の届け出をしたのは三十名であり、共産党を除いてすべて無所属であった。ほとんどが集落の推薦になっていたが、例外だったのは三百名の団員を擁する青年団長だけであった。すでに買収や供応の情報が入り乱れており、ぬかるみの道を自転車を押しながらY集落にいったが表面的には静かであった。

きょうも二冊の本を買ってしまったが、読みたい本があると買わずにはいられなかった。本からはさまざまな知識を吸収することができたし、新しいものが発見できるとうれしかった。

四月十四日（土）晴

町議会議員がウォルサムの懐中時計をもらった是非が問われていた。報酬が少ないから当然だという議員もいたが、町民の多くは反対であった。大きな争点にならなかったのは、町民が選んだ議員が決めたことであり、選挙民にも一端の責任があったからである。

夜間、Y集落で酔っぱらい同士のけんかがあり、自転車で急いだが四十分もかかった。乱暴していたのは隣村の三十歳ぐらいの土工と分かったが、すでに姿を消していた。殴られた被害者から事情を聞くと、ふだんはおとなしいが酒を飲むと別人のようになるといい、引き続いて捜査することにした。

四月十五日（日）晴

川原湯神社の祭典の警備を命ぜられたが、出かけるまで間があったので『考える葦』を読んだ。車内で知人の息子さんと出会って話を聞くと、A市の高校へ入学できたためA市で下宿するのだという。

駐在さんは制服で私は私服で警備についたが、狭い境内は人があふれるようになっていた。昼の部の演芸大会が終わって休憩時間になり、旅館に立ち寄ってお祭りにまつわるエピソードを聞くことができた。夜の部の演芸会でも近郷近在の老若男女が見えており、アプレ型というモダンな格好をした若者も見られた。娘さんの服装も様変わりしており、だんだんと都会化していることが分かった。トラブルもなかったため最終列車が帰ることができ、消灯の時間まで本を読むことができた。

四月十六日（月）晴

選挙違反の捜査に出かけてO集落に行ったが、選挙の話を聞くことはできなかった。桶屋のおばあさんが死んだという話を聞かされたが、なんの変哲もないことであった。ところが、働かない理由で食べ物も満足に与えられず、いじめられてやせ細っているという。これが事実であれば重大な問題で犯罪になる可能性もあり、単なるうわさであるかどうか確かめることにした。

N集落は幹線道路からかなり離れた山の中にあり、多くの人が林業や炭焼きなどに従事していた。どのように選挙に取り組んでいるか知りたくなり、ある農家を訪ねて主人の話を聞いた。

この集落は票が足りないため、いままでに立候補した者は一人もいないし、いつも草刈り場みたいになっているという。買収のターゲットにされていると思えたが、だれも選挙のことには触れようとしなかった。

電灯がないと不都合なことはないか尋ねると、むかしから電灯もなければラジオを聞いたこともないし、隣の集落とも離れているから人との付き合いも少なく、伸び伸びと暮らすことができると言った。人にはそれぞれの生き方があり、生活に慣れていると不便さを感じないらしく、不平や不満の声を聞くことがなかった。

四月十七日（火）晴

靴の半張り代金を支払うと、残りが六百五十円になった。給料が安くても一人暮らしで自炊していたため、生活に困ることは少なかった。このごろ病気にかかったときのことを考えるようになったが、金は生きているときに、生きるために使うものだと考えていたから貯蓄する気にはなれなかった。

どこの集落でも選挙の取り組みは似たようなものであった。投票の第一順位が親類の候補者とされており、つぎが集落の票になっているらしかった。親類といっても濃淡があったり、集落の中にも他の集落からの立候補者の親類の者がいるなどした。そのほかにも職場や学校の同級生の関係などが複雑に絡み合っており、票を読むのも簡単ではないようだった。政治手腕があるとか人格者であるというより、集落のためになるかどうかが優先されているらしかった。

新署長は町の有力者に頼まれ、今回限りという条件を付けて勘弁してやったという。そのことが悪いかどうかは分からないが、問題なのは裏取引がないかどうかであった。

四月十八日（水）晴

S商店に行くと、主人は見知らぬ男と話し合っていた。私が行ったところ、この人は刑事さんですよと紹介したが、うかつに選挙の話をされては困るという配慮だったらしい。世の中の裏話にも詳しかったため、選挙違反の捜査に協力してくれれば強い味方だが、それを望むことはできなかった。

真夜中、酔っぱらいが暴れて手に負えないとの電話があった。私が行っても乱暴はやまず、いやなことだけれど大きな声を出すと平謝りに謝った。人には弱い者には強くて、強い者には弱い人がいるが、この酔っぱらいにも似たところがあった。たくさんの酔っぱらいを取り扱ってきたため、臨機応変の措置が取れるようになっていた。

四月十九日（木）曇のち雨

いつの間にか新聞を読み比べるのが癖になっており、同じ事件を取り扱っているのに微妙に異なっていた。新聞社によって報道の姿勢が異なっているだけでなく、記者の取材にも違いがあるから当然のことかもしれない。

けさの新聞には正直な人は政治家にはなれないとあったため、興味深く読むことができた。いくら立派なことを訴えたとしても、それは選挙民に向けての言葉であり、本人が実行しているとは限らないとあった。政治家が言行不一致になりがちなのは、正直な者ほど政治家になりにくい事情があるのかもしれない。

町議会議員選挙は有権者にとってもっとも身近な選挙であるが、これがすべての選挙の原型のように思えてきた。被選挙権があっても自由に立候補することができないし、一票を争う選挙とあっては棄権することもできにくいという事情があった。

O集落まで行く道のりはすべて上り坂であり、自転車を押しながら行ったから汗びっしょりになった。どこでも熱心に選挙運動がなされているらしく、畑に人の姿を見ることができなかった。集落の人の話によると、候補者が真剣に飛び回っているのに農作業をしてはいられないという。

浅間高原にはいくつも開拓団地があったが、ここからの立候補者は一人もいなかった。G地区に行くとさかんに競争相手の悪口を言っている候補者がいたが、選挙に勝つためとはいえあまりにもこそくであった。悪口を言われている候補者がどのような人物か分からないが、悪口を言っていた候補者の人柄だけが分かった。

四月二十日（金）晴

二十三日の投票日が近づいてきたため、選挙運動が熱を帯びてきた。違反の情報がたくさん集まるようになったが、ほとんどがうわさに過ぎなかった。

選挙にどのくらいの費用がかかるか分からないが、金の使い方は候補者によって大きく異なっているらしかった。金持ちは金を使うことはできても、金のない人は戸別訪問をするほかないらしかった。どちらも選挙違反になるが、違反をしているのは町の人であり、取り締まるのはよそ者と見られている警察官であった。

四月二十一日（土）晴

Ｓ地区の推薦の立候補者が、他の地区の有力者を買収したとの情報があった。うわさなのか中傷なのか真実なのか分からないが、さまざまな情報が飛び交っていた。勝つために競争相手をけ落とす作戦のようだったが、選挙運動ができるのはあすまでであった。だれも最後の追い込みに必死になっていたが、すでに票固めは終わったとされていた。

日本人は熱しやすく冷めやすいといわれているが、さまざまな場面で見られる現象であった。試験があると熱心にがり勉をする傾向があるが、それは試験が終わるまでであった。商売にしても目先のことを考えて将来を見据えなかったり、選挙にあっては当落だけが争われている。自分がよければ他人はどうなってもいいんだ、という考えが潜んでおり、選挙戦を一過性のものにしていた。

午後から当直勤務についたが、警察にやってくる人もいなければ電話もかかってこなかった。いつもと変わったことはなく、本を読んだりラジオを聞いたりして過ごした。

四月二十二日（日）晴

選挙運動ができる最終日であり、全署員が休みを返上して朝から選挙違反の取り締まりに当たった。当選するかしないかは本人だけでなく、推薦した集落や親類の人たちの重大な関心事であった。買収や戸別訪問は当たり前のように行なわれているらしかったが、このことを批判する人は見当たらない。投票してやるんだから見返りがあってもいいと考えている有権者もいれば、暇をつぶして手伝ってもらうのだから報酬を支払うのは当然だと考えている候補者もいた。頼まれなかったから投票してやらなかったという選挙民もおり、自由投票というより契約投票の色彩が強いものになっていた。

投票日の前夜、最後のあがきのように現金買収が行なわれるとの情報があった。当選が危ぶまれている候補者の集落に行くと、辻にいた二人の男に身分を尋ねられた。警察手帳を示して職務質問をすると、買収で票を覆されないための見張りであることを認め、情報に間違いないことが分かった。選挙違反は内密に行われているため表面は静かなものになっていたが、静かさを打ち破るかのように聞こえてきたのは、棄権防止を呼びかけている青年団員のメガホンから流れる声であった。

四月二十三日（月）晴

選挙の投票日であり、あちこちから有権者が町役場にやってきては投票していった。歩くことのできない者はリヤカーに乗せられて投票しており、午前十時に私が投票したときの投票率はすでに六十パーセントを超えていた。

選挙は町議会議員にふさわしい人を選ぶことになっているが、問題なのは立候補している人たちの顔ぶれであった。買収や供応によって票が左右されることになると、選ぶ人も選ばれる人も選挙違反をしたことになる。町の選挙通といわれている人の当落の予想は、ボーダーラインにいる数人の争いだと言っていた。一票の差で当落が決まるような選挙にあっては棄権することは許されず、投票率が高くなるのは自然の成り行きであった。

開票作業は午後八時から始められたので警戒に当たったが、各候補者の投票用紙が二十枚になると束ねられ、各立会人に回されて点検を受けたのち、候補ごとに机に並べられた。

開票作業がすすむにつれて各候補のばらつきが見られ、一喜一憂する姿が見られるようになった。当落の目安が百票前後とされていたため、六つの束になるとほぼ安全圏であった。五つの束にならないため落ち着かない人の姿もあり、残りの票が少なくなっても百票に満たない者が五名もいた。百四票が一名、百五票が二名、百六票が一名、百七票が一名であり、疑問票などの整理のために時間が費やされた。

選挙管理委員会から最終結果が発表になり、私が投票した候補者は百六票で当選したが、落選した次点との差はたったの一票であった。国会議員選挙では四百票以上の得票があった共産党であったが、町議会議員選挙では百票に満たずに惜敗した。ダークホースとみられていた青年団長は三十数票を得るにとどまり、ともに集落推薦の厚い壁を破ることができなかった。最高の得票で当選したのは大きな集落の推薦候補であり、小さな集落の推薦を受けて辛うじて当選した者は一人に過ぎなかった。

四月二十四日（火）晴

選挙の結果が判明したため、本格的に選挙違反の捜査が始められた。たくさんの違反情報があったが裏付けを取ることができず、一人も検挙することができなかった。選挙違反の取り締まりに従事していろいろなしがらみのあることが分かり、被選挙権があっても自由に立候補できないことも分かった。

集落によっては輪番制のところもあったし、立候補する者がいないと長老によって決められているところもあったらしい。いくら公職選挙法でさまざまなことを規定しても、町のしきたりを改めさせることはできそうもなかった。

四月二十五日（水）晴

強い風が吹いており、火災のニュースを耳にしていろいろ考えさせられた。日本の木造建物は火災に弱くて防火設備も不十分であり、消防団の組織も充分とは思えなかった。国鉄の桜木駅では走行中の電車が火災を起こし、百名以上の死者を出しているというが、どうしてこのような惨事になったのだろうか。事故や火災が起きると原因を調べているが、予算の関係もあるらしく予防の対策がとられているとは思えない。

昨夜の神社の宵祭りには三台の山車（だし）が出され、きょうは着飾った子どもたちに引かれていた。若者によって担がれた御神輿（おみこし）も町の中を練り歩いており、町はお祭りムードに浸っていた。桜が満開になっていた神社にも露店商がおり、巡回しながら警備に当たっていた。

当選した町議会議員が見え、投票してもらったおかげで当選できましたと言われてびっくりした。どうして投票が漏れたのか不思議に思ってその理由を尋ねると、百五票まで読むことができたが一票だけ分からなかったという。この町の浮動票は警察関係者などごく一部に限られており、私が投票したのに間違いないと思ったという。

買収も戸別訪問も選挙違反になるため具体的な話をしなかったが、雑談しているうちにいろいろ知ることができた。一票の差で当落が決まるため、よほどの理由がないと棄権できないことも分かった。買収にしても戸別訪問にしても投票の約束であり、そのために票を読むことができるらしかった。選挙は自由投票がたてまえになっているが、実態が契約投票であることが分かった。

四月二十六日（木）晴

町議会議員の選挙が終わったが、三十日の投票を控えた県議会議員の選挙が始まっていた。こんどは吾妻郡下の選挙であり、長野原町からも一人が立候補していたが、町議会選挙のようには熱は入らなくなっていた。選挙運動が、どのように行なわれているかも分からなかったし、県議会議員が立候補した地元の集落に行ったが、町議会議員の選挙の疲れがあったらしく静かなものであった。

四月二十七日（金）晴

五月一日から一か月間、警察学校で現任教養を受けることになったが、命令とあっては避けることができなかった。

Y集落の青年会館の前を通りかかると大勢の人がいたが、それは娘さんたちの料理研究会であった。自炊している私には興味のあることであり、顔見知りの責任者にすすめられて見学をした。参考になることがたくさんあったし、娘さんたちからも料理の話を聞くことができた。

ある娘さんは、封建的な父親と考えが違っていても、強く反対することもできず悩んでいるという。黙っていられずにアドバイスをして女性の判断にゆだねることにしたが、それが適正であったかどうか分からない。

山あいの細い坂道の若葉の匂いをかぎ、坂道を自転車を押しながら歩いた。渓流に出たときに一休みし、冷たい水を口にすると心が洗われるような気がした。渓流を眺めたり、辺りの風景に目をやると木々の芽が膨らんでいることが分かった。

四月二十八日（土）晴

町会議員に買収されたといううわさが広まっており、捜査に乗り出したが事実を明らかにすることができない。「火のない所に煙は立たぬ」といわれており、うわさの人物の身辺捜査をしたが不審の点は見つからない。うわさにはつかみ所がないものが多いため、真実であるかどうか明らかにするのは容易ではない。

うわさをする人はなんでもないと思っているかもしれないが、うわさされている人には、はなはだ迷惑なことであった。

四月二十九日（日）曇

むかしは「天長節」という祝日になっていたが、いつの間にか忘れられた存在になっている。

県議会議員選挙違反の捜査のため、だれも休めなかったが、非番であったし入校準備のため休むことができた。かぎのない間借りの部屋を空けることになったため、いくつかの荷物を以前に下宿していた家で預かってもらうことにした。こんなときに荷物の少ないのがありがたいが、たくさんの本の取り扱いに迷った。売り払ってしまうことも考えたが、分身を手放すような気にさせられたのでそのままにすることにした。

四月三十日（月）晴

県議会議員選挙の投票日であり、午前八時に投票所にいき百八十三番目に投票した。有権者がつぎつぎに投票をしていたが、候補者とどんな関係にあるのだろうと考えてしまった。いずれにしても選挙で選ばれた人たちによって政治がなされることになり、選んだ有権者にも責任があることになる。

警察学校に入校するため制服を着て署長と次席に申告をし、署の前でバスを待っていた。私の制服姿が珍しいらしく、しげしげと眺めながら通り過ぎた人もいた。

駅前では日本赤十字の白い羽根の募金をしており、あすからではないかと思ったので理由を尋ねた。あすから始めると他の地区で取られてしまうため、一足先に始めたという。より多くを集めたいという気持は分からなくはないが、通行人に無理(むり)強(じ)いしているような姿も見られた。ここでも競争心理が働いており、募金の精神とかけ離れたものにしていた。

五月　警察学校で現任教養の受講始まる

五月一日（火）晴

実家に泊まってバスに乗ると、二人の制服の巡査が乗っていたが受講生であった。食糧持参になっていたため、だれも重い荷を抱えていた。現任教養を受ける者は、各自治体警察からやってきた巡査部長と巡査の五十名であり、顔見知りなのは同期生の二人だけであった。最初に寮の部屋割りがなされ、私は二階の六号室で一か月近く八人と起居することになった。きょうはメーデーであり、各地でデモが予定されており、入校していなかったら警備についていたかもしれない。

午前十時から入校式が始まり、学校長、国家地方警察の隊長、前橋市警察署長などの訓示やあいさつがあった。美辞麗句を並べて教育の成果が上がることを期待するものであったが、儀礼的なものが多かったから心に訴えるものがなかった。

授業は午後一時から始まった。防犯課からやってきた若い警部補は、法令の説明に終始していたからおもしろくなかった。捜査課の警部は実務経験が豊富らしく自慢話をしていたが、傾聴に値するものが多かった。

五月二日（水）晴

各自が持参してきた米を炊事場で調理していたため、自炊のときより安上がりになっていた。妻帯者が何人かいたが、その人たちの生活にどのように影響しているかは分からない。生徒のほとんどが命令されてきており、積極的に勉強する姿勢に欠けているようだったが、私も例外ではなかった。

概して法律の授業はおもしろくなかったが、実例を交えた話には興味を持つことができた。刑法には難しい言葉が使われていたが、話を聞いて理解できるものもあった。捜査課からやってきた警部補は熱心に話をしていたが、なぜか居眠りをする姿が見られた。

あすは憲法施行の記念日で休みのため、授業が終えると外出が許された。巡査になったときに前橋署に勤務したことがあり、むかしを懐かしむように一人で出かけたが、中央通りはネオン街になっていて当時の面影は見られない。このごろ西部劇を見ることが多くなったが、正義を貫く保安官の姿に共鳴するようになったからかもしれない。

五月三日（木）晴

憲法施行の記念日であり、国民の祝日となっていた。当番勤務を割り当てられていたため囲碁をしたが、少ないと思っていた愛好者が意外に多かった。初めての人の実力の程度が分からなかったが、打ち始めると分かり、ハンディーをつけると好勝負になった。

午後に当番勤務が交代になったため、映画を見ることにした。『死闘の銀山』を見たが学ぶことが多く、この主人公のように生きたいとさえ思った。

あちこちで白い羽根の募金をしており、なかば強制的に羽根を付けられていた人もいた。赤十字のマークの箱を持って執拗に通行人に呼びかけていたが、募金のためとはいえ、やり過ぎるのではないかと思ってしまった。

街を歩く娘さんの服装も様変わりしていたし、男の服装も派手になっていた。生活が豊かになってきたのかもしれないが、それだけでは判断することはできなかった。多くの人が欲望を満たそうとして努力しているが、沖縄戦で九死に一生を得ることができた命を大切にし、どのように生かしたらよいか、いつも考えていた。

県庁の前で読売新聞社の巡回慰問があり、久しぶりに演芸を見ることができた。小川嘉子氏らの漫才のしぐさや言葉遣いがおもしろく、笑いこげてしまった。

五月四日（金）晴

あすの「子どもの日」は祝日であり、初めて外泊が許されたため、朝からそわそわしている者がいた。

救急法の実務と訓練があったが、実施する機会が少ないとしても必要なことであった。なんでも知識と技術を身につけておくことは大切なことであり、いつでも生かすことができるため真剣に取り組むことができた。

刑事にとって刑法や刑事訴訟法などの知識が必要なことは分かっているが、真剣に取り組めないのは昇任より転職したい気があったからかもしれない。

五月五日（土）曇

子どもの日の祝日になっていたが、この日はお節句であった。児童憲章が発表されたが、それは日本国憲法をなぞらえたようなものであった。児童憲章といっても守っていくのは大人であり、子どもの心をどれほど理解しているか分からない。記念日というと一日だけの行事になりかねないが、年間を通じて同じような姿勢でありたいものだ。

お祭りにH集落の親しい人から招待されていたが、断ることができないために出かけることにした。大勢の来客がいたがほとんどが初対面の人であり、自己紹介から始まった。警察官と分かると遠ざけようとする者がいたが、慣れると近寄るようになり、ざっくばらんに話ができるようになった。

五月六日（日）晴

昨夜は雨が降っていたけれど、目を覚ましたときにはからりと晴れていた。いつもと様子が違っていたが、それはきのうから始まったサマータイムのせいであった。

書店に行くと東京で働いているという息子さんが見えており、川原湯温泉に行くところであった。母親がいろいろ世話をしている姿を見ていると、母親が生きていてくれたらよいなあと思った。

午後二時十分の列車で川原湯温泉に行ったが、連休だったからどこの旅館も満員の盛況であった。共同風呂に行こうとするとE旅館の主人に出会い、招かれてさまざまな話を聞くことができた。博学なのにびっくりさせられただけでなく、じっくりと話を聞いたために人柄いことを知った。

も分かるようになった。見かけによって人を判断する傾向があるが、この人に当てはまらないことを知った。

五月七日（月）晴

警察官採用試験が学校で行なわれていたため、屋外の授業となった。大勢の若い人が見えていたが、どのような気持ちで志願しているのか分からない。就職難のため腰掛けのつもりで巡査を志願したが、すでに四年が経過しているがいまだ方針が決まらない。刑事になってから仕事にやりがいがあると思えるようになったが、それでも制約が多いために生涯続けたい気になれなかった。

鑑識課の技官から犯罪現場の撮影についての講義と実務があった。私が持っていたカメラは安物であったが、技官が持っていたのは高級なものであった。技術にもカメラにしても大きな差があったため、写真の出来映えには雲泥の差があった。

犯罪現場の写真はうまく撮るのも大事であったが、失敗は絶対に許されないことであった。いままでのような法律の講義ではなく実務家のものであり、努力を続ければ報われると言った話にも実感がこもっていた。

朝から夕方まで立ち通しの授業であり、昼食はパンが一切れだけであった。どのようなことにも慣れるようになったのは、さまざまな経験があったからかもしれない。

五月八日（火）曇のち晴

梅雨のような空模様であり、農家の人たちにとっては恵みの雨になりそうだ。雨に降られて困るのは屋外のスポーツなどであり、雨になると喜んでいる人もいる。晴れると天気がよいといい、雨になると天気が悪いというが、受け取り方は人によって異なっている。一方に都合がよくても他方には悪いこともあり、勝つ人もいれば負ける人もいるが、これも自然の摂理かもしれない。

教官はすべて戦前の教育を受けており、生徒には戦後に警察官になった者もいたから考え方にも違いがあった。階級もキャリアも異なっていたが、なぜか戦前の考えを引きずっている者が多かった。

ある教官は被疑者の取り調べでは怒鳴って自白させたと自慢し、これに賛同していた生徒もいた。このような考えを改めさせるための講習であったが、どれほどの成果が上げられるかおぼつかなかった。

五月九日（水）晴

午前中の授業はともかく、午後になると居眠りをする姿が見られるようになった。話し方のうまい教官になると見られないのは、授業の内容にあるというより、教官の話し方に原因があると思えた。警ら交通課の教官の話になると、どれほど交通法規を理解しているか疑問に思ってしまったが、生徒は教官を選ぶことはできなかった。

急きょ、授業が変更になって大掃除となったが、それは偉い人があす視察に見えるからであった。大掃除を命じたのがだれか分からないが、授業より偉い人にへつらうことを優先していると思わざるを得なかった。だれが視察にきても、ありのままの姿を見てもらうのがよいことであり、偽りの姿を見せるのはだましたことにもなる。
午後六時から九時までの外出が許されたため、楽しみにしていた映画館に出かけた。『月よりの使者』はすべて見ることができたが、『憂愁夫人』は時間の都合で途中で打ち切らざるを得なかった。

五月十日（木）晴

捜査課の警部は、世の中から犯罪をなくさなければならないと言っていた。そのことに異論はなかったが、被疑者の取り調べでは、はったりが必要だと言ったとき、教官の人格を疑ってしまった。いくら悪を懲らしめるためとはいえ、法律を守るべき警察官が口にすべきことではない。午後の教官の講義には納得できることが多く、警察の仕事の重要さを思い直させられた。
部屋には八人がいたが、気の合う人を見つけることはできなかった。囲碁をする者がいたが段違いであったからする気になれず、田中美知太郎著の『哲学的人生論』を読んだ。どのように生きるのがよいか分かるようになり、巡査になったときの考えと少しばかり変わってきていることに気づいた。

五月十一日（金）晴

きょうの教官はベテランらしく、いろいろの経験談を交えておもしろく話をした。この教官の話は熱心に聞くことができたし、この幹部のような生き方をしたいという気にさせられた。

防犯課長はチャタレー夫人を引き合いにし、ストリップやわいせつを激しい口調で批判していた。山際や左文事件についても触れており、あんな悪いやつらは、いつまでもほうり込んでおけばいいと言った。いくら立派なことを話しても、少年法ができたので仕事がやりにくくなったと嘆いていたのを聞いたときにはがっかりした。法律にはそれぞれ目的が掲げられており、警察官は法令を守ったり、執行する責務を負わされているだけであった。

午後はふたたび救急法の訓練があり、それが終えると新築が予定されていた警察学校の敷地に出かけた。警備訓練のために輸送車に乗って白バイに先導され、サイレンを鳴らしたから沿線の人にはびっくりした者もいたらしい。敷地で隊伍を組んで暴徒を鎮圧する訓練があったが、寄せ集めの集団であったからうまくいかない。

古参の刑事の話は、おれには協力者がいっぱいおり、遊んでいてもたくさんの泥棒を捕まえることができると言った。それだけならともかく、徹底して否認している被疑者だって脅して白状させたと自慢したときは、あぜんとさせられた。

五月十二日（土）晴

土曜日の授業は半日であり、多くの者は午後からの外泊を楽しみにしていた。外出するや電気館で天然色映画の『征服されざる人々』を見たが、死を賭して恋して結婚したことに感動を覚えた。映画を見ながらわくわくさせられたが、日本の映画では味わうことができないものであった。
実家に泊まったが、もっともくつろげる場所はいま住んでいるところであった。竹馬の友に会ったが考え方にずれがあり、親しく話をする気になれなかった。近所に刑務所に勤めていた男がいて、囲碁が好きだというので訪ねた。囲碁の実力が互角であるだけでなく共通の話題があったため、話が弾んでしまった。

五月十三日（日）晴

みんなが農作業をしていて気がひけたが、夏目漱石著の『草枕』を読んだ。つぎに『坊ちゃん』を読んだが、冒頭の「知に働けば角が立つ。情に棹させば流される」に感動させられた。弟の婚約の話がすすんでおり、父親に結婚をすすめられたが、さまざまな理由をつけて断った。
午後は『自由学校』の映画を見ることができたが、獅子文六著の『自由学校』を読んでいたためより理解することができた。悩みを抱えていたり、偉そうに振る舞ったり、うぬぼれや虚栄心のある人に見てもらいたいような映画であった。

五月十四日（月）曇

午前中はすべての時間をかけ、未解決になっている強姦殺人事件の講義であった。ベテランらしくいろいろな事件の捜査の経験を話したが、重点になっていたのが女教員殺しであった。このような残虐な犯人を一刻も早く検挙したいと思うのは、警察官だけでなく、だれにも共通していることに違いない。窃盗や放火などと異なって強姦されて殺されており、天人ともに許せぬ行為で話に実感がこもっていた。どのような事件であっても、粘り強い捜査が必要であることを痛感させられた。

午後一時からは、警備課の幹部による右翼や左翼や労働運動に関する講義があった。いままであまり知ることができなかった分野であり、興味深く聞いて新たな知識を身につけることができた。

警察の仕事は多岐にわたっており、さまざまな知識を身につけておく必要があった。性善説や性悪説だけでなく、犯罪の動機が素因によるものか、環境によるものか考えるようになった。どんな悪人にも良心のかけらがあり、善人といわれている人にも、悪の芽が潜んでいるのではないかと思えるようになった。

四時間目の授業は、けん銃操法と射撃術であったが、警察官にとって大切なことであった。けん銃はずっしりして重いし、不気味で冷たい感触があった。めったに使うことがないとしても、警察官にとっては力強い味方であった。

五月十五日（火）曇のち雨

特捜班の警部が群衆犯罪や選挙違反の取り締まりなどの話をした。国会議員の選挙違反の捜査では、うまく法律をくぐり抜けられてしまったとくやしがっていた。自分で取り扱った事件が不起訴になったり、無罪になったりするとおもしろくないようだが、それは自信が崩されたからかもしれない。

左翼や労働争議にも触れて取り締まりが生ぬるいと言っていたが、私は清水幾太郎著の『私の社会観』を読んだばかりであった。どんなに素晴らしい理論も暴力に太刀打ちできないが、絶対に暴力に屈することはできないとあった。

人はそれぞれが考えを持っており、善と思っていても他人から悪と見られてしまうことがある。物には表もあれば裏もあるし、中身になると見抜くのが容易ではない。犯罪の捜査も同じようなものであり、点と点を結んで線にしてから面にし、さらに立体にして全身像を明らかにしていくことになる。

午後は救急法の実技の講習であり、骨折した人に対する対応や、おぼれた人の人工呼吸などであった。このような事態にはめったに遭遇することはないとしても、身につけておくことは大切なことであった。

五月十六日（水）曇のち雨

現任教養も半ばに達し、各分野の講義を受けて警察の仕事の全容を知ることができた。真剣に勉強をしている者もいれば、仕方なしに授業を受けていると思える者もいたが、心構えの違いが将来大きな差になるかもしれない。だれも同じ話を聞いていても受け取り方は異なっているが、いずれにしても時間を有効に使うことは大切なことである。

教官が基本的人権の尊重の話をしたとき、「そんなことをしていれば泥棒は捕まらないよ」と言った生徒がいた。このようなことを注意する立場にある教官であったが、なぜかそのことに反論することがなかった。

当番勤務につく予定になっていたが、待望の『わが谷は緑なりき』の映画を見たいと言ったら同僚が交代してくれた。予想されていた通り感動を与える作品であり、前の席にいた三人連れの女性は涙を流しており、私も涙ぐんでしまった。当番を交代してもらえなかったらこの感激を味わうことはできず、いつまでも胸に秘めておきたいと思った。

五月十七日（木）小雨

毎朝、駆け足をするのが日課になっていたが、小雨のために警察学校校歌や警察歌の練習となった。朝早くから大勢で歌うことが近所迷惑にならないか考えたが、教官はそのことは眼中になかったらしい。世間の人たちには警察が怖いと思っている人もいるが、警察官には威張り散らしたり横柄な人がいるからかもしれない。

学校長は本庁から派遣されている若いエリートであり、『文藝春秋』の五月号を示して、これを読んだ者は手を挙げてくださいと言った。五十人の生徒のうち手を挙げたのは二人だけであり、雑誌の中の小泉信三氏の「共産党批判」の説明をした。トルストイの『我ら何をなすべきか』を読んだこともあると言っていたが、私もその本を読んだことがあったが歩むコースは大いに異なっていた。

昼食は学校長との会食であり、みんなで楽しく食事をしようと言った。ところがショートアンサーのような質問したから授業みたいになってしまい、楽しんでいたのは学校長だけみたいであった。

五月十八日（金）晴

雨上がりの空気はさわやかであり、朝の三時から四時まで不寝番であった。玄関のいすに腰を降ろして通りを見張っていたが、一人も姿を見ることがなかった。ときどき学校の内外を見張ったが、なんの異常もなく不寝番を引き継ぎ、起床までの二時間を床の中で過ごすことができた。

防犯少年課の幹部の講義を聞いて違和感を覚えたが、いまだ戦前の教育を引き継いでいたものと思われた。考え方は簡単に変えることができないとしても、人権を尊重する意識だけは守ってもらいたいものだ。さまざまな矛盾が生まれていたが、旧憲法時代の教育と新憲法のはざまの現象かもしれない。

午後は少しの休憩をはさみ、すべてが救急法の実技の訓練であった。早くて正確にできるかが競われることになったため、時間と技術の差が明らかになった。このようにすれば良否の判定が容易であるが、心を込めた技術を習得できるかどうかは別問題であった。

五月十九日（土）曇

点呼が終わったとき校長が姿を見せ、ラジオ体操の仲間に加わってさわやかな気分にさせてくれた。どのような考えか分からないが、生徒に溶け込もうとしている姿勢が見られた。

部屋の中での雑談が戦争に及ぶとそれぞれが発言したが、戦争に負けたために満州は取られてしまうし、朝鮮や台湾には独立されて悔しくてならないやと言った生徒がいた。背筋が寒くなる思いにさせられたが、雑談であっても許しがたいことであった。

午前中の一時間は救急法の授業であり、十時から群馬会館で行なわれた関東地方柔道連盟主催の柔道大会の見学であった。嘉納講堂館館長を始めとして八段や十段の高段者が数人いたし、女子柔道の第一人者といわれている人の姿もあった。古式の形や段取りなどがあったが、ほれぼれするほど見事なものばかりであった。

午後一時から各県の対抗試合が行なわれることになったが、土曜日のために見学は自由となった。セントラル劇場で『死の谷』の映画を見たが、スリルに富んではいたがおもしろさはなかった。

長野原に戻るときの列車は、関西旅行帰りの女子高校生で混雑していた。夕方、二人の女性が本を借りに見え、その後、大津屋でかかっていた沢田清之助劇団一座の芝居を見た。

五月二十日（日）晴

ゆっくりと起きて久しぶりに自炊をした。署に出かけていくと現行犯逮捕された窃盗の被疑者が収容されており、二人の駐在さんが監視に当たっていた。書店に行って『文藝春秋別冊』と三木清著の『人生論ノート』を購入し、部屋に戻ってから読んだ。

午後四時発の列車に乗ると、講習を受けた帰りの小学校と中学校の先生と乗り合わせた。女の先生がおばあさんの手を引いて男の先生を立たせて座らせており、ほのぼのとした明るさを感じた。

五月二十一日（月）晴

午前中の刑事警察の授業は、いままでの繰り返しみたいなところがあった。居眠りをしている生徒がいると怒鳴りつけていたが、このようなやり方に腹が立ったがどうすることもできない。

救急法の実技は試験になっており、ふだんは怠けているような生徒も真剣に取り組むようになった。試験になると態度が変わるのは点数を取ることを優先し、よい成績を上げるためであった。どんなつもりで授業を受けていたか分からないが、成績が講習の集大成と考えている者が少なくないようだ。卒業試験が近づいてきたため、真剣に勉強に取り組む姿が見られた。がり勉をしてよい成績を上げることができれば出世に役立つかも知れないが、その知識がどれほど身につくか分からない。勉強は試験のためにするものではなく、ふだんの心がけが大事であり、私はマイペースの歩みを変える気にはなれなかった。

五月二十二日(火)晴

おとなしいと思っていた生徒が乱暴な言葉を使ったのでびっくりした。それというのは、昨年の違法な労働争議の取り締まりをしていたとき、殴ったり蹴ったりしたことを自慢したからだ。私が買いかぶっていたのか、この生徒の地金なのか分からないが、人を評価するには、さまざまな面から見なければならないことを知った。

午後は休暇をもらって弟の結婚式に参加したが、つつましいものであった。双方の関係者が集まっただけのものであったが、財政的に恵まれない農家とあっては致し方のないことである。見栄や虚栄心のために派手な葬式や結婚式を行なう人もいるが、身分相応がいいのではないか。

五月二十三日（水）雨のち晴

試験勉強のために消灯時間の延長が許可されており、眠いのをこらえながら勉強に取り組む姿も見られた。どのような成績であっても落第がないことが分かっており、試験勉強をそっちのけにして好きな本を読んでいた。

不寝番についていると、銭湯の帰りと思われ人が下駄の音をさせながら通り過ぎた。一時間の勤務を終えて部屋に戻ると、いまだ試験勉強に取り組んでいる者もいれば、床に入っている者などさまざまであった。

五月二十四日（木）晴

朝から試験が実施されたが、勉強をしていなかったから成績を気にすることもなかった。最初が刑事警察の試験が実施されたが、いくら考えても分からない問題があったため早めに提出した。つぎに救急法の学科試験などがあり、午前中の試験を終えた。

逮捕術の試験となったとき、何に腹を立てたのか分からないが、一人の生徒が怒鳴られた。力不足の教官に威張ったり怒鳴ったりする傾向が見られたが、それは自らの弱点をカバーしているみたいであった。

一日ですべての試験が終了して結果を待つだけになっており、いつものように雑談をする姿が見られた。雑談にはたわいないことが多かったが、その中に本音が隠されていることが分かるようになった。

五月二十五日（金）晴

試験が終わったせいか、だれにもほっとした表情が見られた。予算が確保できたのか実弾の射撃となり、けん銃の手入れをして輸送車に乗り込んだ。利根川の土手に設けられた射撃場に行くと、危険を知らせるために赤旗が立てられていたが、どれほど近隣の人に周知されていたかは分からない。

初めての者にはびくびくしていた姿勢が見られたが、私は軍隊で射撃の訓練をしたりけん銃を携帯していたから落ち着いていた。午前中に十発撃ったが、一回目の五発は四十点、二回目の五発は四十一点であり、それぞれに点数がつけられた。けん銃射撃の安全規則に違反すると、みんなの前で腕立て伏せ二十回の罰を科せられたが、人命にかかわる事故を防ぐためのみせしめらしかった。

昼休みのときに雑談をしたり昼寝をする者がいたが、私は阿部知二著の『幸福論』を読んでいた。午後の射撃の結果は四十四点、四十二点、四十三点、四十三点であったため最終の成績は八番目であった。訓練だから落ち着いてけん銃を使うことができたが、いきなり危険に遭遇したとき、どれほど冷静に対処できるか分からない。五月の暖かな太陽の光を浴び、川面から吹き上げてくる涼しい風が心地よく肌に触れて、この日の訓練を終えた。

五月二十六日（土）晴

各室長が一室に集まり、学校の規則や運営について討論がなされた。室長の報告によって討論の内容が知らされたが、多くの者が自分に都合のよいことを主張したため、まとまらなかったという。学校の立場も考えなかったり、相手の意見を受け入れようしなければまとまるはずはない。無理にまとめようとするより、ばらばらの方が討論の効果があったといえるかもしれない。

午後からは自由に行動することができたため、思い思いに行動していた。二十八日が卒業のため、荷造りをして帰っていく者もいた。私も制服を着てトランクと重い荷物を持ってバスに乗って間借りしていた部屋に戻り、いつものように読書した。

五月二十七日（日）晴のち夕立

午前中は読書をし、映画が見たくなったので前橋に出かけた。列車内で月刊誌を読んだが、その中に著名な学者の文章が載っていたので興味深く読むことができた。未来の青年の大きな期待を寄せていることには異論はなかったが、パンパンガールを痛烈に批判していたことは納得しがたかった。売春をしなければ生きられない人もおり、立場も違えば人の見方も異なったものになることが分かった。

以前勤務したことの交番の前のパン屋さんに行くと私のことを覚えており、当時の話をすることができた。映画館に入って『マッカーサー元帥物語』と『パルムの僧院』を見てから寮に戻ると、だれの顔も明るいものとなっていた。今夜限りで部屋の仲間と別れることになったが、意見が合うような人を見つけることができなかった。

五月二十八日（月）晴のち夕立

午前中は会社犯罪の講義があったが、試験が終わっていたから熱が入らない生徒がいた。三週間の講習を受けてきたといい、伝票や金銭出納帳の見方や付け方などの説明をした。私は商業学校を卒業して会社の経理担当をしたこともあり、教官の話に物足りなさを覚えたが、私は教える立場ではなかった。教官がすべてにおいて生徒より勝っているとは限らず、階級と実力がイコールでないことが分かった。

人は多くの人に見られているし、だれも多くの人を見ているが、通りいっぺんになってしまうことが多い。何人もの教官から講義を受けており、私は勝手に教官の評価をしていた。卒業式の前に渡された成績表は十九番であったが、どのような基準で採点がなされたか分からない。もっとも成績がよかった者に優等賞が授与され、一か月に及んだ教養を終えることができた。新しい知識を取り入れることができたが、どれほど仕事に生かせるか分からない。

夕方、雷鳴が鳴り響いて大雨となったとき、沖縄戦の激しい砲爆撃を連想してしまった。数年が経過しても戦争の惨禍は脳裏にこびりついており、いつまでも悲惨な姿が忘れられないものになっていた。

五月二十九日（火）晴のち曇

卒業の報告をするために制服に着替え、署長と次席に申告をした。一か月間にさまざまな事件が発生しており、被害の書類を調べたり捜査状況を聞くなどした。署長から入校中に発生した事件について知らされたが、川原湯で発生した多額の詐欺事件はおもしろいと言っていた。とりあえず窃盗事件の捜査をすることになり、高崎への出張を命ぜられた。
学校での教養に刺激され、新しい知識を身につけたくなって松村一人著の『弁証法とはどうゆうものか』を読んだ。

五月三十日（水）晴

二番の列車に乗って江戸川乱歩著の『心理試験』を読み、渋川駅で上越線に乗り換えて高崎市署に立ち寄った。一緒に現任教養を受けたH刑事のアドバイスを受け、あちこちの運送業者を巡ったり、質屋や古物商などの聞き込みをしていると足にまめができた。痛い足を引きずるようにしながら列車に乗ると、日光の旅行帰りというたくさんの生徒が乗っていた。

五月三十一日（木）曇のち雨

目を覚ますと時計の針は七時二十分を指していた。炊事をしている間がないため、簡単な雑炊で済ませた。詐欺事件の捜査のために草津に行くことになり、交通会議のために草津温泉に行く署長と一緒であった。
草津にやってきたのは三か月ぶりであり、運送業者や質屋や旅館などを巡ることにした。質屋と運送業者の捜査を終えると雨になったため、知り合いのところで傘を借りた。草津にはたくさんの旅館があるため重点的に回り、宿泊人名簿を調べたが犯人の名前は見つからない。詐欺をする者が本名を記載しているとは思えなかったし、人相や着衣などからも割り出すことはできなかった。主人が応対する旅館もあれば、番頭さんに任せているところもあり、経営方針にも違いのあることが分かった。

六月　多額の金属窃盗犯を検挙

六月一日（金）晴

気遣われていた天候も晴れ渡り、暖かさが増してきた。真田行きバスに乗ったが、昨年と一昨年と続いた水害のために、いたるところで復旧工事が行なわれていた。バスの乗客の一人は、水害のおかげで村が潤うことができたと言っていたが、困っていた人たちも少なくない。西窪でバスを降りたが、聞き込みを予定していた人は留守であり、S産業の看板が見えたので立ち寄った。社長さんはさまざまなことを知っており、捜査の参考になる話を聞くことができた。

犯人がすぐに検挙になることもあるし、捜査が行き詰まってしまうこともある。根気が必要だといわれているけれど、投げ出したい気分になることもある。どんなに困難であってもやり遂げなければならず、やめてしまえば職務放棄にひとしくなる。

昼夜にわたって前進座の興行が諏訪神社の境内で催されていた。共産党の芝居だから見にいかないという人もいたが、批判は見てからにしてもらいたいものだ。戦友が前進座で働いていたので見たかったが、仕事の都合で出かけることができなかった。

六月二日（土）晴

列車で中之条に行くことにしたが、本を携帯していなかったので駅の売店で初めて三十円で週報を買った。紙が不足して値上がりしたらしく、薄っぺらなものであったし内容も乏しかった。

中之条町署で刑事から管内の事情を聞き、自転車を借りて質屋や古物商などを巡った。刑事だと告げるとびっくりする人もいたし、用件を話すと理解して協力してくれるなどまちまちであった。事件との関連の有無を尋ねると、きっぱりと否定する者もいれば言葉を濁す者もいた。疑うのは刑事の宿命みたいなものであり、真実の究明のために根掘り葉掘り尋ねるため嫌われることもあった。

バスで原町に行って関係業者の聞き込みをしたが、参考になる話を聞くことができなかった。書店の看板が見えたので立ち寄り、新潮社発行の『葛西善蔵全集』を購入した。

六月三日（日）晴

戦争中から刑事をやっている先輩は、日曜日でも一人でこつこつと捜査をしていた。先輩に見習うべきことは多かったが、私は同僚と休みを満喫するために北軽井沢にうどを取りに出かけた。三原までバスに乗って草軽電鉄に乗り換え、緑の林の中を走り抜けると浅間山の勇姿が見えた。辺りの風景に接して山の季節が近づいていることを実感できたが、前にやってきたのは厳寒の季節であった。

駐在さんと一緒に大学村に行くと作家の岸田国士先生と出会い、照月湖に釣りに行くところだという。誘われたので予定を変更し、道具を借りてボートに乗って釣りをしたが、これは子どものとき以来であった。十数人の青年がボートをこいでいたり、釣りをする人などでレジャーを楽しんでいた。うどを取ることはできなかったが、思いがけない作家の有益な話を聞いて釣りを楽しむことができた。

六月四日（月）晴

先輩の刑事の地道な捜査により、多額の金属の窃盗犯人の容疑者が浮かび、盗んだ鋼材が前橋の古物商に売られていたことが明らかになった。所在の捜査をすると草津温泉のG旅館に投宿しているとの情報を得たため、先輩と追跡捜査をすることになった。始発のバスで草津温泉に出かけると、あちこちの桑畑が霜害（そうがい）に遭って黒ずんでおり、運動茶屋付近のつつじは咲いていた。

草津町署に立ち寄り、G旅館についてあらすじの知識を得てから出かけた。宿泊人名簿を見せてもらったが、Mという名の宿泊人は見当たらない。年齢や人相などを告げると似たような客が宿泊していたことが分かり、杖をついて散歩に出かけているという。先輩と手分けをして行方を捜し、杖をついて湯畑の付近を歩いているMさんらしい男を見つけた。Mさんですかと声をかけるとけげんな表情をし、職務質問をして身分を尋ねると、おれは新聞記者だと言った。身分を証明するものはありますかと尋ねると、無視して歩き出したので追尾した。なおも質問を続けると、いつまでも後をつけてくると軽犯罪法違反になるし、人権侵害にもなるぞと怒鳴ってにらみ返した。

どのようにしたらよいか分からず、警察へ連絡するために商店に立ち寄った。首を出して様子を見ていると隠れるように横路にそれたため、職務質問を続けざるを得なくなって先回りをして待った。目の前に私がいたのでびっくりしたらしく、どうして隠れようとしたのですかと追及すると、何をしようとおれの自由じゃないかと反発されてしまった。

しばらく押し問答が続いたが後に引けなくなり、男が歩き出すと私も歩きながら職務質問を続けた。男はさまざまな抵抗をしたが、窃盗の容疑があってはあきらめることができない。いつまでも追尾を続けるとだんだんと弱いものになり、草津町署までの任意同行を求めるとしぶしぶと応じた。

盗んだことを否定していたが、先輩に写真を示されて偽名を使うこともできなくなった。いろいろと追及されて盗んだことを認めたために緊急逮捕したが、それまでにいろいろのプロセスがあった。職務質問も同行も任意が原則になっているが、執拗に追尾を続けたことが任意に当たるかどうか分からない。

任意同行にしても積極的に応じたとは思えなかったし、任意と強制の境界の線引きの難しさを思い知らされた。犯人でなかったら人権蹂躙の抗議は正当のものとなるし、途中で職務質問を打ち切れば犯人を取り逃がしたと非難されかねない。

六月五日（火）晴のち雨

映画評を読んだとき『黒水仙』を見たいと思い、新聞広告によって上映されていることを知ったがそのチャンスがなかった。

窃盗事件の裏付け捜査のために草津町に出かけ、管内の事情を聞くために警察署に立ち寄ると、町の有力者と花見をすることになっているという。

重要参考人を訪ねて事情を聞いたが、あいまいな供述をしていたため供述調書の作成が午後までかかってしまった。

食堂で昼食を済ませてから質屋に行って台帳を見せてもらったが、目指すぞう品は見当たらなかった。料理屋や芸者屋などを巡ったが、ここで働いている人もお客さんもさまざまであった。被疑者は金の使い道についてあいまいな供述をしていたが、飲食や遊興に多額の金を浪費していたことが明らかになった。

六月六日（水）晴

中之条区検察庁まで逮捕した被疑者を押送することになり、手錠を隠してバスに乗り込んだ。二人の男が寄り添うように行動していたため、疑いの目で見られてしまった。検事さんの取り調べが始まるまで間があったため、被疑者と雑談をすることができた。人権蹂躙と大きな声で抗議したことを反省していると言ったが、お世辞を言ったのでまゆつばものと思ってしまった。

検事さんの取り調べが始まったが、肩書きは会社の社長で立派な服装をしていたから丁重に取り扱われた。涙を流して反省の言葉を口にしていたが、検事さんの取り調べが終わると勾留請求になった。被疑者を簡易裁判所に連れていき、裁判官の尋問を受けて十日間の勾留が認められたため、引き続いて取り調べを受けることになった。
　多額の窃盗事件の犯人を検挙できたため、署の宿直室でささやかな酒宴となった。ふだんはおとなしい先輩からあるまじき言葉が飛び出したりし、みんなが楽しそうに酒を飲んでいた。私は雑談の仲間入りはしても杯を空けることはなく、どんなにすすめられても酒を口にすることはなかった。

六月七日（木）曇

　朝鮮戦争によって金属が値上がりしており、いたるところで金属が盗まれるようになった。草軽電鉄のレールボンドが盗まれたとの届け出があったが、交通不便なところであった。自転車で二時間ほどかかって現場に着き、被害者の話を聞いたり実況見分をしたりした。はっきりしていたのは鋭利な刃物が使われていたことであり、被害は広範囲にわたっていた。付近に人家がなかったから聞き込みをすることもできず、証拠になるものを見つけることができない。
　人家が見えたので聞き込みをすると、大金が盗まれたという情報を耳にした。捜査したところすぐに返還されており、犯罪性がいたって少ないことが分かった。捜査を終えると線路上を歩いて自転車を置いた場所まで戻ったが、帰りはほとんどが下り坂であった。

六月八日（金）曇

アース線の捜査をして草軽電鉄に乗ってしばらくすると、激しい音がして脱線してしまった。大変なことになったと思っていると、車内から降りた乗客が木材を持ってきて車輪にあてがった。電車が前進すると元のにレールに収まったが、脱線の話を聞いていたが初めての体験であった。

うわさによってレールポンドを盗んだ容疑者が浮かんだが、所在捜査によってこの春に死亡していることが判明した。開拓団地で聞き込みをしたが、どこも狭い家で暮らしており文化的な生活とはほど遠いものであった。浅間高原の六里が原のつつじが咲き始めていたが見とれている余裕はなかった。

六月九日（土）曇

参考人として事情を聞く必要があり、地元の駐在さんに頼んでおいて出かけた。不在だったので近所の人に聞いたが行方は分からず、探し回ってようやく事情を聞くことができた。何も知らないと言うばかりであり、情報が間違っていたかもしれないと思ったが確かめることはできない。

聞き込みを続けていると、草履（ぞうり）を盗まれたから調べてくれないかと言われので話を聞いた。被害の書類をつくろうとすると拒否されてしまったが、警察で取り調べてもらっておきゅうを据えてもらう腹づもりであることが分かった。

最近、追放解除が報道されて社会問題になっており、賛否の意見が新聞に載っていた。基本的人権の見地からして当然だという人もいれば、戦前に逆戻りさせたくない人もいて意見はまちまちであった。
夕食を済ませてから運送会社に勤めているAさんを訪ねた。囲碁を楽しむことができただけでなく、さまざまな話を聞いて捜査の参考にすることができた。お互いに勝敗にこだわることがなかったため、一手一手を楽しみながら打つことができたが、それは私の人生観に似たところがあった。

六月十日（日）雨のち晴

雨の日は家から出るのがおっくうになり、友人から借りた二葉亭四迷著の『浮雲』を読んだ。プロ野球の松竹と巨人戦のラジオを聞くために中断し、長編であったが最後まで読み終え、女と男の関係は理性で処理できないものがあることを知った。

六月十一日（月）晴

体調が思わしくなかったため、医師の診察を受けようかどうか迷った。決意してM先生を訪ねたが留守であり、戻るのを待つことにした。先生の話によると、自転車に乗った中学生がガケから落ちてけがをし、治療してきたとのことであった。体がだるいんですと言うと笑い出し、聴診器を当ててたいしたことはないよと言った。病名は知らされなかったが医師の診察を受けたのでほっとし、薬を与えられたので飲むことにした。
麦の窃盗事件の捜査をして容疑者が浮かんだが、それは被害者の親類の男であった。被害者は届け出ようとしないだけでなく勘弁してくれと言い張っていたため、捜査に着手することができない。

六月十二日（火）晴のち雨

自治体警察の廃止のために警察法改正の動きが始まると、真っ先に反対したのが自治体警察連合会であった。国家地方警察と自治体警察の縄張り争いみたいなものであり、署長のポストを失いたくないために反対している者もいるという。私は自治体警察の精神には賛成だが、小さな自治体警察の組織はぜい弱すぎて充分に機能しないことが分かっていた。

逮捕された被疑者の妻が面会にくると、平謝りに謝っていたが妻の反応は鈍いものであった。これからの夫婦の関係が気がかりであったが、修復させるには反省の態度を示すほかなかったのかもしれない。

人は親しくなると本音で話すようになり、いろいろの人からさまざまな話を聞くことができた。ハイヤーに乗ってぜいたくな生活をしている者がいるが、奥さんは惨めな生活をしているという。偉ぶっている人の話は信用しがたかったが、話し方や内容によって信頼できるかどう分かるようになった。

晴れ渡っていた空もいつの間に雲に覆われ、ごろごろと雷が鳴り出して大粒の雨になった。落雷のため停電して電車も立ち往生してしまい、動きがとれなくなってしまった。いつまでもじっとしているわけにいかず、びしょ濡れになってバス停まで歩いた。

六月十三日（水）晴

わずかな被害であっても届け出があれば捜査し、容疑者が判明すれば取り調べをしなければならない。三十五歳の女性の容疑が固まったため北軽井沢の駐在所に呼び出すと、おどおどしながらやってきた。盗んだのは悪いと分かったので弁償を済ましたと言ったため、被害者から話を聞くと間違いないことが分かった。前の夫が戦死したために再婚し、五人の子どもを育てているため貧しさから抜け出せないという。取り調べながらさまざまなアドバイスをすると、帰るときにありがとうございましたと言った言葉に救われた。

バスの中で六十歳ぐらいの男に話しかけられたが、どこのだれかまったく分からない。二年前にヤミ米を持っていて取り調べを受け、二千円の罰金を支払ったと言ったため思い出すことができた。刑事は多くの人を職務質問したり、違反者の取り締まりなどしている。とくに印象に残る人もいるが、ほとんどがその場限りで忘れてしまうことが多かった。ところが職務質問を受けたり、違反で取り調べを受けた人には忘れることができないらしい。どのような場合であっても相手の立場に立って考え、不快の念を抱かれないようにすることを再認識させられた。

六月十四日（木）晴

北軽井沢駐在所から、G旅館で男女の心中があるとの報告があった。自転車で出かけたため三時間もかかってしまい、到着すると、男女は布団にくるまったまま大きないびきをかいていた。枕元に睡眠薬の空き瓶があったし、男は遺書を所持していたから覚悟の心中と思われた。

宿泊人名簿によると、男はS県の会社の監査役で四十歳であり、女は事務員で二十二歳となっていた。医師は聴診器を当てたり強心剤の注射などしたが、間もなく男の死が確認された。女は相変わらずいびきをかいており、医師がふたたび注射をするとぴくりと体が動き、やがて息を吹き返すことができた。

事情を聞いたところ、職場にいたとき懇ろになり、妻子がいた上司に誘われて家出したという。女には本気で死ぬ気がなかったらしかったが、睡眠薬の量を加減したかどうか明らかにできなかった。男の死体は親族に引き取られることになり、女は一人で帰ると言い出したが、どうして女が生き残ったか疑問が残った。

六月十五日（金）晴

前橋市警察署で開かれた防犯連絡会議に出席したが、保安警察、経済警察、少年警察など盛りたくさんであった。どれも重要なことであり、警察本部の係官の説明がおもになっていたが、会議の名にふさわしいものではなかった。警察署の規模の大小によって事情が大いに異なっているため、しっくりしないことが少なくなかった。戦争中の考えが抜けきれないと思える者が多く、どれほどの効果が上げられるか疑問であった。

昼にはサンドイッチが出され、中之条町署のS巡査と雑談をしたとき映画好きであることを知った。

午後の会議では、国家地方警察と自治体警察署の幹部の発言があった。各署の連携が必要なことが強調されたが、縄張り根性をなくすことに触れた者はいなかった。遠方から来ている者もいたためか、会議は午後四時に終了して帰りはS巡査と一緒であった。

車内でさまざまな話をし、誘われたので中之条で『レベッカ』の映画を見ることにした。すでに始まっていたものの最終まで見ることができたが、評判の通りの素晴らしさに感動させられた。

六月十六日（土）雨のち曇

被疑者の妻が沼田から面会にやってきたが、私が立ち会っていたから話せないこともあったらしい。前には平謝りに謝っていたが、今回は言いつけるような態度に変わっていた。妻はすなおに話を聞いていたが、扶養されている身とあっては逆らうことができないのかもしれない。妻に接する態度が変わったところからすると、反省の言葉を口にしていても信用できなかった。

先日、川原湯温泉で署長会議が開かれたが、そのときの様子が関係者の話によって分かった。費用が高すぎるから負けろと言われたというが、請求されれば支払うのが当然ではないか。一般の人が値切り交渉をするのとは違い、署長にそのように言われれば負けざるを得ないかもしれない。酒が入っていたとしても許されないことであるが、その考えを変えるのは難しいようだ。

映画を見たためふたたび感動を味わいたくなり、『レベッカ』の本を注文した。夜は有島武朗著の『ある女』を読み、十二時に電気スタンドを消して眠りについた。

六月十七日（日）晴

当直勤務のとき建設会社の資材課の人が酔っぱらって見え、経理係の不正について話をした。それが事実あれば業務上横領になるが、五年も勤務していたから突き出すわけにはいかないという。会社に対する不満があったらしく愚痴を並べ、積もっていたうっぷんを晴らしていた。本来は首にすべきであるが、会社では公にしたくないため任意退職として退職金を穴埋めにしたとも言っていた。建設業はぼろもうけすることもあるが、大損をすることもあり、おもしろい仕事だとも言った。どのようにぼろもうけができるか尋ねたが、それには答えようとしなかった。

夜は横光利一著の『紋章』を読み始めたか、読み切ることができなかった。

六月十八日（月）晴

六里が原の警備を命ぜられて自転車で行くつもりでいたが、運送会社に問い合わせると北軽井沢まで行くトラックがあるという。その車に自転車ともども乗せてもらうことができたため、自転車で六里が原に着いたのが早過ぎた。人はまばらであったが真っ赤なつつじが一面に咲き誇っており、全国の観光地百選に選ばれたのもうなずけた。

景色に見とれていると人も徐々に増えてきたため、あちこち見回って警戒に当たった。アイスキャンデーを売っていた若者は、きょうの人出が数万になると言っていたし、バスの運転手さんは、あの観光バスは三百五十万円もするんですよと自慢そうに言った。車はデラックスになってきているが、道路事情はお寒い限りであって追いつくことができない。豪雨になるといたるところでガケ崩れなどによって通行止めになったり、雨に降られると泥んこ道になったりしていた。

トラブルもなく任務も終わって署長に報告すると、あすも引き続いて警備するように命ぜられた。いったん戻って出直してくるのは容易ではないため、心中事件があって知り合った旅館に泊めてもらうことにした。

六月十九日（火）晴

梅雨入りをしていたがきょうも晴天であり、宿泊料を支払おうとすると受け取ろうとしない。警察官の給料は安いし、仕事で来ていることが分かっているからサービスとしますよと言われた。サービスしてもらうと心に負担が残るため、このようなことは大嫌いであったから受け入れることができない。過去の事例などを話して受け取ってもらいたいと話すと納得したらしく、最終的には実費を支払うということで話し合いができた。

自転車で六里が原に行って辺りを巡りながら警戒をしていると、午前十時から郷土民謡発表会が始まった。このころになるとかなりの人出になり、「川原湯小唄」や「浅間小唄」などが披露された。各地から大勢の人が見えており、長野原の青年団の一行には顔見知りの人が何人もいたが、このような雰囲気の中で郷土民謡を聞くのも乙なものであった。

鬼押し出しでインチキなばくちをやっているとの知らせがあり、自転車で急いだ。若者が小さな台の上にすごろくを並べ、客を相手にとばくをしていた。インチキなとばくであるか尋ねと、インチキなばくちをしているというんなら証拠を見せろ、と大きな声で怒鳴った。すかさず、私は耳が悪くないからそんなに大きな声を出さなくても聞こえますよと静かに言い返した。言い争いになったとき親分らしい人が見え、お巡りさんに迷惑をかけては悪いから引き上げることにしますと言った。

警察ではやくざや的屋を特別に見る傾向があり、親分には警察ににらまれたのでは、仕事がやりにくいと思わくがあったらしかった。

照月湖を巡るという大勢の若者がボートに乗っており、レジャーを楽しんでいた。山のシーズンが近づいていることを実感したが、私は勤務できていたから眺めることができただけであった。

六月二十日（水）晴

追放された共産党の八幹部が川原湯温泉に隠れているとの情報があり、調査を命じられた。共産党の幹部が経営しているY旅館にかくまわれている可能性があったが、ストレートに調べることはできない。数軒の旅館を巡って宿泊人名簿を調べたが、隠れようとしている者が本名を記入しているとは思えない。不審者の有無や人相などを調べたが、該当するような人物は見当たらない。

Y旅館の主人とは顔見知りであり、型通り宿泊人名簿を調べたが該当者はいなかった。主人は八幹部の捜査にやってきたことを察していたらしく、おれのところには八幹部はきていないよと言った。雑談をしながら探りをいれると、おれの話が信用できないというんなら家捜ししてもいいよと言われてしまった。家捜しをすることはできなかったが、立ち回っている様子はまったく見られなかった。

六月二十一日（木）晴

八幹部の追跡とレールポンドの捜査を兼ね、北軽井沢方面に出かけた。ほとんどが上り坂であり、蒸し蒸しする陽気であったから汗びっしょりになってしまった。途中で検視に立ち会った医師と出会い、歩きながらさまざまな話を聞くことができた。四十歳を過ぎてから大学の通信教育を受けており、来年は卒業予定だと言っており、さまざまな勉強をしていることを知った。

駐在さんと一緒に大学村の別荘を巡ってクラブに立ち寄ると、立派な食堂や劇場や宿舎などがあった。夏にはいっぱいになるという別荘も、いまは閑散としており、年間を通じて住んでいる人は少なかった。

ロシア文学の翻訳家で知られている米川正夫先生の別荘へ行くと、先生は執筆中であり、奥さんがコーヒーを出してくれた。世間話となったとき、私が沖縄戦や捕虜の体験談を話すと熱心に聞き入っていた。帰ろうとすると、よい話を聞かせてもらったから主人の本をあげましょうかと言われた。物をもらうのは嫌いだったので断ると、署名入りの本は後で高く売れることがあるんですよ、と気楽に言われて断れなくなった。

哲学者の田辺先生の近くの別荘でトラブルがあったとき、先生から参考人として話を聞いたことがあった。先生の著書の『哲学入門』を読んだこともあったし、作家の野上弥生子先生や哲学者の谷川徹三先生などの別荘があることが分かっていた。

本署に電話してあすの予定を伺うと、駐在と一緒に長野県の岩村田方面のアース線の売り込み先を調べるように指示された。またもや旅館に泊めてもらうことになり、今度は家族と一緒に食事をすることになった。各地を巡り歩いているお客さんからさまざまな苦労話を聞かされ、旅をしたい気にさせられた。

六月二十二日（金）晴

混雑していた草軽電鉄が国境平の駅に着くと、六里が原に向かう客が降りたのでがらがらになった。新軽井沢駅で下車すると町並みはにぎやかであったが、貞明(ていめい)皇后のお葬儀の黙祷の時間になると一瞬静まり返った。信越線に乗り換えて車窓から浅間山を南側から眺め、沓掛を通り過ぎて御代田駅で下車した。金属などを取り扱っている業者の調べを済ませ、野沢行きのバスに乗って岩村田に行って調べることにした。

ある業者はさまざまな話をしてくれたが、あまりにも冗舌であったから信用しがたかった。何軒も回って聞き込みをしたが、捜査の参考になる話を聞くことができなかった。

ふたたびバスや列車に乗るなどし、軽井沢駅で草軽電鉄に乗り換えることができた。国境平駅で停電になり、いつ復旧するか分からないという。線路伝いに北軽井沢駅まで歩いたため遅くなってしまい、またもや旅館に泊めてもらうことにした。

六月二十三日（土）晴

旅館の子どもの宿題の手伝いをしたが、簡単にできると思ったのに三十分もかかってしまった。次席が駐在所に見えたため捜査状況を報告し、あちこちと聞き込みしながら帰ることにした。古森の坂を下りていたときに前輪がパンクしてしまい、坂道を自転車を担いで羽根尾の自転車店に持ち込んで修理を依頼した。

このごろ読書欲が減退していたが、その原因は分からない。努力して読書をしたい気にもなれず、読みたくなるのを待つことにした。洗濯を済ませてから書店に行き、注文してあった『小間使の日記』と『情婦ヒル』を受け取ったが、ぱらぱらと頁をめくっただけであった。夕方、小学校のY先生が本を借りに見えたので雑談をし、『自由学校』と『レベッカ』を手渡した。いつ読む気になるか分からないが、枕元には『坊ちゃん』が閉じられたままになっていた。

六月二十四日（日）晴

浅間高原のつつじカーニバルの最終日であり、気遣われていて天候も徐々に回復してきた。この日は大臣を警護するために警察官が派遣されており、六里が原の配置は一人だけであった。

署長の許可を受けたトラックに町議会議員の一行が乗り、それに便乗させてもらった。酒造業者から清酒二斗五升とビール二ダースが届けられ、雑談を交わしているうちに出発となった。日曜日とあってかにぎわいを見せており、アイスキャンデー屋さんは忙しそうだったし、観光バスは何台も見えていた。あちこち巡って警戒に当たったがなんのトラブルもなく、随所で写真機のシャッターを切るなどして警備を終えることができた。

北軽井沢駅前で帰りのトラックを待っていると、顔見知りのMさんが運転するハイヤーが止まった。客を乗せてきた帰りだから乗りませんかと声をかけられ、予定より早く署に戻ることができた。

六月二十五日（月）晴のち雨

少年の窃盗事件の捜査のために出かけ、参考人の駅長さんに答申書の作成を依頼すると拒否された。その理由を尋ねると証人になりたくないと言ったが、補導したい気持ちのあることが分かった。いろいろと説明して理解してもらうことができたため、ようやく書類をつくることができた。

犯罪や非行少年の補導に関係があるのは、警察官や学校の先生や保護者などであった。警察が非行少年を補導して保護者に知らせたりすると、怒鳴り散らす父親がいることも分かっていた。学校の先生に知らせて顔をしかめられたこともあり、どれほど少年を理解しているか疑問に思ったりした。保護者も先生も警察官も、さまざまであるから一律に判断することはできないが、補導の仕方のいかんによって少年が大きな影響を受けたりもする。

Nさんから、銅線のような物を背負った二人連れの男が国境平方面に歩いて行くのを見た、との知らせがあった。すぐに本署に報告して自転車に乗ったり押すなどして二人連れを追ったが、手がかりを得ることができなかった。

六月二十六日（火）晴

自転車を押しながら古森の坂を上り切ったところに農協があった。大勢の職員がいたから聞き込みに都合がよかったし、一休みすることもできた。ここでも不審な二人連れを見た者はなく、A商店に訪れると昼食の時間になり、お茶を頂きながら携帯していったパンを食べた。このとき古物商をやっているという元気のよいおばさんが見えたが、この者も不審な二人連れには気づいていない。開拓農協にも大勢の職員がいたが参考になる話を聞くことができなかったが、冷たい水がたとえようもないほどおいしかった。

駐在所に立ち寄って二人で別荘に行くと、散歩中の岸田国士先生に出会った。フランスに行くのに船だと一か月もかかり、飛行機だと三十万円ほどかかると言っていた。

足を伸ばしてK山荘へ行くと、奥さんが庭の植物の手入れをしていたので駐在さんが近況を尋ねていた。私が持ち物を褒めたところ、これは上げることができないんですよ、と言われていやな気にさせれた。それを察したらしく、私は長いこと外国の暮らしをしてきたが、その国では褒めると上げる習慣があったのですと言われた。いままでは褒めることはよいことだと思っていたが、その考えを改めざるを得なくなった。

六月二十七日（水）晴

N食堂へ行ったが、おかみさんとは話しても主人と話したことはなかった。怖いような顔をして気むずかしいと思っていたが、おもしろい話を聞かせてもらった。人は第一印象で判断しがちであるが、これが当てにならないことが分かった。

人に好かれようとするのは悪いことではないが、好かれようとしても好かれるとは限らない。腹を割って話し合うと、それぞれの長所と短所が分かるようになり、だれであろうと人間として付き合えるようになる。

六月二十八日（木）曇のち雨

別荘に追放された八幹部が隠れているとの情報があり、ふたたび捜査を命じられた。情報がどれほど信頼できるか分からないが、捜査しなければ結論を出すことはできない。各別荘を巡って感じたのは、近寄りがたいと思っていた学者や作家と気さくに話をすることができたため、その作家の作品を好んで読むようになった。

雨に降られたので雨宿りのために旅館に立ち寄ったが、雨はやむ気配がなかった。あすも引き続いて北軽井沢で捜査することになったため、またもや旅館に泊めてもらうことにした。自炊していたからどこに泊まろうと、どこで食事しようと自由であったが、公私のけじめだけはつけるようにした。

六月二十九日（金）雨のち晴

朝から雨が降り続いており、本格的に梅雨に入ったものと思われた。きょうも駐在さんと追放された八幹部の捜査をすることになり、隠れていると思われる別荘を巡った。大学村と呼ばれている別荘の区域は広くて人家が散在しており、年間を通じて別荘で過ごす人はいたって少なかった。住んでいるところと、人がいないところの区別がつきにくく、片っ端から巡らざるを得なかった。

自転車を利用していても傘を差しており、空き家が多かったらはかどらない。迷惑をかけたくないために名目は空き巣の事件の捜査にしたが、うそをつくのは心苦しいことであった。くまなく探したが八幹部が隠れている様子は見当らず、情報が間違っているのか、捜査が不徹底なのかそれをはっきりさせることもできない。

六月三十日（土）晴

農協の購買部に立ち寄ると、顔見知りの町会議員のSさんが見えていた。あす、農協の専務理事になると言っており、過日の選挙では三十歳の若さで二番目の高得票を得て町議会議員になっていた。父親の影響力があったとはいえ次代のホープとみなされており、博学であっただけでなく人を引きつける魅力があった。

書店に行ったとき、長野原町に「自由ペンクラブ」が誕生したことを知らされた。知人の小学校のH先生が発起人になっており、創刊号を見せてもらうと二十ページで三十円であった。発刊するのに苦労したらしかったが、新しいものに挑戦する気概は頼もしかった。書店の息子さんにすすめられ、習ったことは無駄にはならないと思って『月の光』を取り寄せ、ペン習字に取り組むことにした。

七月　張り込みは修業の場

七月一日（日）晴

朝鮮戦争の停戦案がリッジウェイ司令官から示され、停戦の気運が生まれてきた。戦争がどんな悲惨なものであるか経験した者にはよく分かっており、絶対に避けなければならない。だれも平和を望んでいるのに停戦が容易でなく、いまも軍備を拡充している国があるから楽観視することはできない。

夜、島崎藤村著の『新生』を読み、弱いものが新しいものを生み出すためには、古い殻を破らなければならないとあった。挑戦する姿勢に感動してこの作家に取りつかれ、つぎに『破戒』を読むことにした。

七月二日（月）雨

ケイト台風がやってきたため、ガケ崩れや農産物に被害が出ないか気になった。

バスで洞口まで出かけて、自転車が盗まれたという被害者から事情を聞いた。犯人の心当たりがあると言っていたが、手元を見たわけではないからその人の名前は言えないという。警察に話せば恨まれることになり、捜査して分かったのであれば責任を免れると考えているらしかった。

古物商のところに聞き込みに行くと、主人にお世辞を言われていやな気にさせられた。だが、世間のことをよく知っていたからいろいろ聞くことができたし、説得力があったから傾聴に値するものが多かった。

帰りかげに小学校に立ち寄ると、校医のK先生が見えていたので話し合った。いままでは臨床医学に重点をおいてきたが、これからは予防医学を考えなければならないと言った。警察には犯人の検挙に勝る予防はないと考えている者がおり、この考え方を改める必要があるのではないかと思った。

七月三日（火）曇

時計屋の前を通りかかると、国家地方警察の刑事が張り込みをしていた。三十五歳の暴力団員に任意同行を求めて取調中に逃げられたため、その行方を追っているという。令状がなければ逮捕することはできないし、任意出頭の求めに応じるとも思えなかった。

署に戻ったとき、国家地方警察の西吾妻派出所長から署長に対し、逮捕の協力依頼の電話があった。そのために署員は非常召集され、犯罪の概要や人相や服装などを示されて夜警することになった。国家地方警察で逃げられた犯人のため気乗りのしない署員もいたが、二人一組になって要所で徹夜の張り込みとなった。同僚との会話も禁じられており、物陰にじっと隠れていなければならなかったし、いつ解除になるかも分からない。晴れているときであれば星空を眺めて退屈をしのぐことができるが、あいにくと曇っていた。

巡査になってから何度も張り込みについているが、単調な時間はとてつもなく長く感じられた。いつの間にか修業の場と考えるようになったが、それにも限界があった。張り込みは夜明けまで続けられたため、心身ともに疲労こんぱいに達した。

七月四日（水）曇

犯人を発見することはできなかったため、張り込みが無駄骨になったと言い出した者もいた。捜査には無駄がつきものだといわれているが、無駄と思っていたものが価値ある結果をもたらすこともある。

十二時に目覚めたので出署すると、署長も徹夜の警戒をしたらしく署に見えなかった。次席から休んでもよいと言われたため、将棋を指す者もいた。間借りをしている部屋に戻ったもののぼんやりしており、本を読む気になれない。ラジオのスイッチを入れたところ東西対抗のオールスターの野球放送があり、最後まで聞くことができた。

七月五日（水）雨

本格的な梅雨模様になり、道を歩く人が困った天気ですねとあいさつしていた。このような光景は一般に見られることであるが、雨に降られると困る人がいるが、恵みの雨だといって喜んでいる人もいる。

犯罪が発生すると実況見分をしたり、被害者の話を聞くなどして事実を確かめていく。捜査してすぐに解決するものもあれば、長期を要しても解決できないものもある。犯人も犯罪もさまざまであり、常習者もいれば出来心というのもある。刑事にもベテランもいれば新米もいるし、捜査技術の巧拙もあった。
今回の窃盗事件ではFという男に容疑がかけられたが、前科があるというだけの理由であった。むかしは見込み捜査がなされていたが科学的捜査が叫ばれるようになり、犯人を検挙するためには証拠を得なくてはならない。いまだ戦前の意識から抜け出すことができず、前科者として特別に見る傾向がある。

七月六日（金）曇

窃盗事件の捜査のために草津に出かけ、ある旅館に立ち寄ると主人は警察びいきであった。むかしの警察官は威張っていて権威があったが、いまは優しすぎて権威がなくなったと嘆いていた。現在の警察のあり方を批判していたが、そのことに反対することができなかった。戦前からの歴史を背負っていることが分かっており、その考えが理解できたからであった。
警察官は不審な者を職務質問することができるが、善良な市民であることが多い。くず拾いの男に職務質問をするといやな顔をされてしまったが、汚れた服装をしていたが心の乱れは少しも見られなかった。服装や態度などで不審者と見てしまうが、これが当てにならないことが分かるようになった。

七月七日（土）晴

ことしに入ってから最高の気温であり、汗びっしょりになって自転車で川原湯に出かけた。

昨夜、女房が若い男に脅されて乱暴されたとの届け出があり、被害者だという奥さんの話を聞いた。夫の前では本当の話ができないらしく、席を外してもらったがちぐはぐな話をするばかりであった。

男と密会していたのは間違いないと思われたが、無理に口を割らせることはできない。はっきりしてきたのは夫婦の仲が悪いことであり、虚偽申告の疑いが濃厚であった。

七月八日（日）雨

日曜日であったが臨時の招集日となり、署長の訓示や次席の口頭指示などの一連の行事があった。旅費のことや超過勤務のことなどの話があり、各自が意見を述べるように署長の指示があった。陰ではぶつぶつと不満を述べていた先輩であったが、発言する者はだれもいなかった。私は代弁するかのように、超過勤務をしても手当をもらうことができず、善処してもらいたいと要望した。署長はみんなの意見を聞いて町役場と交渉するつもりのようだったが、意見を述べたのは私だけであった。

招集の行事が終えると旅館の二階で慰労会となったが、町長、助役、収入役、議会の議長や公安委員が参加した。これは暑気払いみたいなものであったが、交渉するための根回しと思われた。

七月九日（月）曇のち雨

被害者は盗まれた自転車を取り戻したいと思っているが、いまだかなえてやることができない。聞き込みをしてさまざまな情報を得ることができたが、犯人を突き止めるのは容易ではない。

嫁さんが満足に食事を与えられず、牛馬のようにこき使われているといううわさを耳にした。犯罪になるかどうかはっきりしないし、うわさを根拠に捜査することもできない。

捜査の帰りに学校の前を通ると、Y先生に呼び止められた。今度の日曜日に仲間とともに浅間の登山を計画しているが、よかったら一緒に行きませんかと誘われた。Y先生とは伊豆大島に一緒に旅行したり、本を貸したり借りたりして親しい仲になっていた。先生といえば日教組に属しており、その人たちとの関係があったから返事をためらってしまった。

七月十日（火）曇のち雨

雨具を持たずに自転車で出かけ、吾妻渓谷に差しかかったとき雨に降られてしまった。ガケ下で雨宿りして雨がやむのを待ちながら景色を眺め、小降りになったので参考人を訪ねた。留守のためあちこち探していると、顔見知りの駐在さんが交通違反の取り締まりをしていた。立ち話をしていたとき、サイドカーで巡視にやってきたのは同期のM巡査部長であった。年配の駐在さんはぺこぺこしていたし、私に対する態度も尊大であり、階級が上がると人格まで変わってしまうことが分かった。

大勢の人が何やら話し合っていたので理由を聞いたが、私が刑事と分かると一人去り二人去りして姿を消してしまった。このようなことは珍しいことではなく、多くの人が刑事を避けようとする傾向があった。事件にかかわりたくないと思っているのかもしれないが、習わしのようなものであっては簡単には変えられない。
午後八時ごろ駐在さんから、被疑者が立ち回っているとの電話があった。自転車で立ち回り先にいったが被疑者の姿はなく、弟に尋ねると、兄が自ら駐在所に電話して山に逃げて行ったという。どのような腹づもりで駐在所に電話したのか分からないが、このような犯人を捕まえるのは容易ではない。

七月十一日（水）雨

中学校に桃色グループがあり、二人の生徒が妊娠したといううわさが流れていた。事実であるかどうか内偵することにしたが、やみくもに調べることはできないため、いろいろ考えてしまった。捜査に乗り出せばうわさを広めてしまうことにもなりかねず、校医なら秘密が保てると思ったので話を聞きに行った。私の話が終わらないうちにきっぱり否定され、やぶ蛇を出す愚をしたくないので取りやめた。

七月十二日（木）雨

大家さんにも電話がなかったため、午前六時に同僚に呼び出された。被疑者が立ち回ったことが分かり、逮捕状を持って出かけて列車に乗った。顔見知りの看護婦さんがいたが、伝染病の疑いのある患者さんの家に行くところだという。伝染病と分かると村八分同然にされてしまい、隠しておきたいがそれはできないため悩んでいるという。
被疑者の家に行くと、朝飯を済ませたところであった。二人の女の子がいたのでポケットのキャラメルを与えると、とうちゃんと言って抱きついていた。このような姿を見ると手錠をかけるのに忍びなかったが、公務に私情を差し挟むことは許されなかった。逮捕の理由を告げて家族がいないところで手錠をかけ、駅に向かいながら話を聞いた。子どものことに話が及ぶとぼろぼろと涙をこぼしており、正気のときと酔っぱらったときの落差が大きいことを知った。

七月十三日（金）雨のち晴のち曇

豪雨のために瀬戸の滝はガケ崩れを起こし、バスもトラックも通れなくなっていた。建設業者が潤うだけだという話を聞いたことがあったが、水力発電所だって喜んでいるに違いない。Uさんのところに立ち寄ると、燃料を中心にした経済の話をしたが、輸送がストップしたために薪炭（しんたん）などが運び出せずに困っているという。豪雨はさまざまな面に大きな影響を及ぼしており、経済に密接に関係していることを知った。

七月十四日（土）曇のち雨

草津町署から無銭飲食の被疑者の逮捕の依頼があり、自宅を訪れて事情を聴いた。だましたことは否定しており、代金は支払うつもりだと言った。このような弁解をされては逮捕することができず、警察署まで任意同行を求めて草津町署に知らせた。

草津町署員がやってきて事情を聴くと、共犯者と思える男がS旅館に投宿していることが分かった。その者からも事情を聴くと、会社の専務取締役だと言っていたが所持金はまったくなく、無銭飲食の疑いがあった。二人とも草津町署員に連行されたため、その後のことは分からない。

七月十五日（日）雨

雨が降り続いており、ラジオが報じるところによると関西地方が豪雨に見舞われているという。浅間山に登る予定になっていたが、雨のために決行することができない。

鉄道弘済会（駅の売店）から、酒やタバコが盗まれたとの届け出があり、日曜日であったが休むことはできず、被害者の話を聞いたり実況見分をし、駅周辺の聞き込みをしていた。

今度は川原湯の旅館から浴衣を着たまま逃げられたとの無銭宿泊の届け出であった。被害者の話を聞いた。宿泊代金は後払いになっており、浴衣を着たまま外出したから逃げるとは思わなかったと言っていた。

旅館では宿泊客の行動、人相、服装や所持品などを見て品定めをしているというが、それだけではチェックは難しいようだ。宿泊人名簿の住所は東京になっており、会社員で三十二歳と記入されていたため、実在しているかどうか調べることにした。

七月十六日（月）晴

晴れていたため、どこの家にも洗濯した衣類がぶら下がっていたし、農家は麦の穫り入れのために忙しそうだった。

犯罪はつぎつぎに発生しても検挙は追いつかず、残が増えていくばかりであった。自分のやっているのがこれでよいのかと思ってしまうことがあるが、どうしても踏ん切りがつかない。人を疑うのは刑事の宿命みたいなものであるが、どのような場合であっても人権の尊重をおろそかにはできない。

　犯罪の捜査をしていると、さまざまな情報を収集することができるが、濃淡もあれば信用できないものもあった。事実がはっきりするまで捜査が続けられるが、証拠を得ることができなければ検挙できない。犯人は捕まらないように工夫しているし、捕まえようとしている刑事との知恵比べみたいなところがあった。

七月十七日（火）曇

山林祭に署長の代理として出席するように命じられたが、いかめしい祭りに出席して飲めない酒をすすめられるもいやだった。この祭りに参加した人は肩書きのある年配の人が多く、若造の私は目立つ存在になっていた。お祭りのためにだれにも喜びの表情が見られていたが、私はうっとうしい気分にさせられていた。

　このごろ、自治体警察の存廃がクローズアップされるようになった。国家地方警察と自治体警察のあつれきも生じており、制度の立て直しが検討されているという。むかしの姿に戻したい者と反対の者の綱引きみたいになっているが、悪口を言い合っていたのではよい知恵は生まれない。

　人を疑っても、その人の名を出すことはめったになかったが、きょうはうっかりしてしまった。一度でも口から出してしまうと取り消すことはできず、否定するとますますおかしくなったりする。人を疑うのは刑事として当然なことであるが、心に秘めておくのと言葉にするのは大違いであった。

七月十八日（水）晴

窃盗と詐欺事件捜査を兼ね、自転車で川原湯に向かう途中、重そうな荷を持った婦人に出会った。荷物を自転車の荷台に乗せませんかというと、すなおにありがとうございますと言った。警察官であることが分かると荷を引き取ったが、それはヤミ米のようだった。

婦人と別れると自転車がパンクしてしまい、郵便局で道具を借りて直してから旅館にいった。何人かの女性が手伝いに見えていたが、みんな元気がよく、おかみさんにもずばずばものを言っていた。朗らかそうに見えていたが売春婦であり、生活のためとはいえ夜になると本業になるという。

昨夜、Y旅館に宿泊していた工員が暴行事件を起こしたので捜査をした。関係者から事情を聞くと、酔っぱらうと怒鳴ったり暴れたりするという。酔いが覚めていたから事情聴取をすると、酒を飲んでうっぷんを晴らしての犯行と分かった。

七月十九日（木）晴

全国高校野球の県大会が始まったが、結果は新聞で見るだけであった。

署長も次席も出張して幹部が不在だったため、伸び伸びする署員の姿が見られた。どんな場合でも、仕事に緩急をつける気にはなれなくなったのは、アメリカ軍の捕虜になったとき学んだことであった。だれに見られていなくても、どんなことを考えて、どのような行動をしているか自分を偽ることはできなかった。

参考人の事情聴取のためにT製材所に行くと、社長さんは話し好きであり、たくさんの本を読んでいるらしかった。用件を済ませて川原湯に行くと正午過ぎになっており、駅前の商店に立ち寄ったところ、親子で教育のことについて話し合っていた。犯罪の情報について聞くことはできなかったが、それぞれの生き方の一端を知ることができた。

七月二十日（金）曇

農地委員の選挙があり、定員十五名のところに二十名が立候補していた。選挙状況を調べるため自転車で各地区を巡ったが、実態がよく分からない。聞くところによると、町議会議員も農地委員だって集落の推薦みたいなものだという。立派な人を選ぶことがたてまえになっていても立候補する者はなく、集落の長老によって決められることが多いという。

あすが臨時招集となったが、午後までかかるとしたら浅間登山を取りやめなければならない。署長に話すと、午前中に終了するから山に登ってもいいと言われたが、事件が発生したときは取り消す条件つきになっていた。

署長から警察共助会の入会をすすめられたが、各署の九割の参加者がないと団体加入は認められないことになっていた。署長から入会しなければ登山は認められないと言われ、その言い方が気に食わなかったが趣旨に賛成したので入会した。

七月二十一日（土）小雨のち曇

きょうから長野原と北軽井沢間にコマーシャルバスが走ることになり、それに合わせるかのように浅間登山をすることができた。定員が十三名であり、黄色く塗られてロマンチック的なものであったが三十分遅れで発車した。バスに乗ったのはほとんどが小学校の先生であり、途中で何人かの先生が乗った。終点に着いたときには雨になっていたし、登山には早過ぎるために天候を気にしながら旅館で休憩した。午後九時過ぎにやんだので旅館を出たが、暗闇だったために懐中電灯を手にして歩いた。

峰の茶屋に着いたが登山を始めるまで間があり、震えるほどの寒さを覚えながら小屋で一休みした。日の出を拝むために出発したが、どんよりしていたから一つの星も見ることはできない。白根の中腹には硫黄鉱山の明かりが見え、小浅間を眼下にしながら歩を進め、目を転じると国道の幹線の人家の明かりが帯のように連なっていた。山頂に着いたときに薄明るくなっていたが、垂れ込めた雲に遮られて日の出を拝むことができなかった。

明るさが増してくると浅間高原を鳥瞰図のように眺めることができた。見慣れた北軽井沢の景色が手に取るように見えた。近くには白根の山並があったし、雲海の上には南アルプス連峰がそびえ、遠くに富士の山を望むことができた。

ガスの臭いをともなって強く冷たい風が肌を刺してきたが、避けることができなかった。噴火口の淵から火口をのぞいたが、ガスが充満していて何も見ることができない。各自が取り出した弁当を分け合うなどしてなごやかな朝食となり、いつしか仲間のような付き合いになっていた。記念撮影をすることになり、斜面に立てた三脚が倒れて撮影不能になってしまったが、いつまでもまぶたに焼き付けることができた。

七月二十二日（日）晴

帰りは鬼押し出しに立ち寄ることになったが、砂地になった傾斜のために一歩でもかなり進むことができた。いたるところにえぐられた断層があり、浅間山の噴火の歴史を物語っているようだった。

六里が原に出るとやや平坦になっており、みんな浅間登山した仲間であったから和気あいあいと話しながら歩いた。鬼押し出しは天明三年の浅間山の大爆発の遺物といわれており、いたるところに奇岩が見えていた。岩の陰にひっそりした残雪を見たとき、夏を過ごそうとしているけなげさを感じた。

若い男女の先生と一日を共にすることができたため、ざっくばらんに話し合えるようになった。午前中に北軽井沢に着くことができたため旅館で昼食をとり、疲れた体を休めて臨時のバスに乗って帰ることができた。念願だった浅間登山ができたし、日教組の先生とも旧知の間柄のようになり、人間として付き合いができたことがうれしかった。

署に戻って各紙を読むと、どの新聞も警察官の暴行事件を大きく取り上げていた。びっくりして内容を読むと、市役所の職員と警察官の競輪場の警備を巡るトラブルであった。市役所の職員から、警備をしてもらってもなんの役にも立たないと言われ、激怒した警察官が殴ったというものであった。見出しは大きくても内容は乏しかったが、関係者が市役所と警察であったから大々的に報じたのかもしれない。

七月二十三日（月）晴

故障した自転車を修理に出した上司が、一千百円を請求されると千円に負けろと言った。一般の社会では当たり前のようなことであっても、警察官の話になると受け取り方も違ったものになり、自転屋さんも従わざるを得なくなったらしい。

列車の中で町の有力者に出会うと、追放が解除になったことを喜んでいた。何事も拘束から解かれて自由になることはありがたいことであり、これからは政治活動ができると言っていた。

旅館に行くと不審な男女が泊まっていると聞かされ、宿泊人名簿を調べると会社の社長となっていた。四十歳の男が二十歳のパンパンと呼ばれている売春婦を連れ込んでいたが、睡眠中とあっては事情を聞くことができない。

うし湯祭りのため、午後九時から午前二時まで同僚と川原湯で夜警することになった。午前一時を過ぎたころから共同風呂にやってくる客が多かったが、旅館の主人の話によると、土用の丑（うし）の日の丑の時刻に風呂に入ると一年間は風邪をひかないという伝説があるという。むかしは丑の日は各旅館とも満杯になったというが、客足が少なくなったのは時代のすう勢かもしれない。

七月二十四日（火）晴

真夜中になって帰ることもできず、旅館で仮眠させてもらうことにした。起きたときには十時を過ぎており、風呂に入ってから朝食を済ませた。宿泊代金を支払おうとすると、お祭りの警備をしてもらったのだから受け取れないと拒否された。押し問答をする気にもなれず、仕方なしにサービスに甘えることにした。

長野原と渋川間にロマンスカーが走るようになり、帰りはそれに乗ることができた。この日は長野原の祇園祭になっており、引き続いて警備に当たったが、なんのトラブルもなく終了した。

注文してあった『ペンの光』の七月号が届いていたので受け取った。好きな読書はいつまでも続けられるが、努力するペン習字がいつまで続けられるか分からない。

七月二十五日（水）曇

きょうの新聞は警察の汚職事件を取り上げていたが、先日の暴行事件といい、新聞の攻勢が前橋市警察に向けられているらしかった。記者は記事のネタを警察から受けることが多いが、警察署に詰めかけているから内部事情にも明るかった。

警察の幹部には内部の非行を暴かれて記事にされたくないため、記者をもてなす傾向があるといわれている。新聞を見ただけでは真実は分からないが、警察にとって大きなダメージであることは間違いない。

駅の前がかなりのにぎわいを見せていたので駅員に尋ねると、草津温泉のうし湯祭にいく人たちがバスを待っているのだという。

署に戻ると、前橋へ出張した署長が帰ったところであった。汚職事件についてもいろいろの話をし、署長は人格者であったから新聞でたたかれても、少しも苦にしていなかったし、あんなことを記事にする記者は横暴過ぎると言った。

七月二十六日（木）晴

ラジオがことしの最高の暑さだと伝えており，比較的涼しいといわれている山の中でも実感できるほどだった。

検事の息子と名乗り、あちこちで借金しているとの情報を入手した。犯罪の疑いがあったので内偵し、ある旅館のおかみさんの話を聞いた。人の見方もよく分かっていると思ったが、どんな了見なのか、検事や署長の息子には碌な者はいないと言った。そのような言い方に納得できないため、検事や署長の息子にだって立派な人がいるじゃないですかと言い返すと、おかみさんは言葉に詰まってしまった。

飲食店の主人がヤミ米の買い出しに行って警察に捕まり、始末書を書かされて罰金を取られたという。この町の警察であったら手の打ちようもあるが、原町には知っている人がいないんだと言っていた。どうして私にそんなことを話したのか分からないが、大物であると言いたかったのかもしれない。

日中の暑さの中を飛び回って疲れていたため、床に入って『小間使の日記』の頁をめくったがすぐに眠ってしまった。

七月二十七日（金）晴

電気スタンドを消し忘れたため、目を覚ましたとき、点いたままであった。出勤すると署長室に呼ばれ、刑事は午後五時までに戻って捜査結果を報告しろと指示されたが、いまさらどうして言い出したのか分からない。

労働基準法では労働時間が決められているが、刑事には不定期な仕事が多いために守りにくかった。若い署長は勉強をしているかもしれないが実務の経験は少なく、捜査の実情がよく分からないようだった。年配の次席は捜査のベテランでキャリアがあったから意見の食い違いがあり、あつれきが生まれるようになっていた。

K集落で水車小屋の米が盗まれたとの届け出があったが、この種の事件はいままでに届け出は一つもなかった。捜査して分かったのは犯人が知り合いの男であり、捕まったとき仕返しを恐れているらしかった。

被害者から詳しく事情を聞いたところ、犯人を捕まえてもらいたいというより犯罪を防ぐねらいがあったことだった。

七月二十八日（土）晴

人を殺してしまい、苦しさに絶えかねず自首したとたんに目を覚ました。いま見た夢なのに動機もはっきりしないし、だれを殺したかも分からない。たとえ夢でも後味が悪いものであり、考えられないことが実行されたので夢とは不思議なものだと思った。

聞き込みに行ったとき、農家の主人に愚痴を聞かされるはめになった。働き者の嫁であったが、病気になったため、ハイヤーを頼んで入院させたが、退院してからは働くことができず、金食い虫になってしまったと嘆いていた。農家に育ったから主人の気持ちが痛いほど分かったが、相槌を打つことはできなかった。父親のような年配の人にアドバイスしにくかったが、別れるとき私の意見を述べた。

七月二十九日（日）晴

きのうは暑いと思ったが、きょうはそれ以上の暑さであった。風のない署の中は蒸し風呂のようであり、一人で日直に当たっていたが本を読む気にもなれない。

午前十一時ごろ、農家の主人から家出人の届があった。子どもが医者に行くと言って家を出たが、いまだ戻らないという。小さな子どもかと思っていたら結婚して二人の子どもがいるといい、嫁さんは体が弱く、息子さんは炭焼きをしていたが生活に困っていたという。話を聞いているうちに家出というより出稼ぎの公算が強くなり、自殺ということは考えられなかった。とにかく捜索願を受理して家出人票を作成したが、どこへ行っ何をしているか見当がつかない。

先日、名誉毀損で告訴していた男が、きょうは取り下げにやってきた。事情を聞くと、本当は取り下げたくないんだが、仲に入ってくれた人がいたので示談にしたという。

七月三十日（月）晴

犯罪捜査のためにバスで渋川に向かう途中、二十四歳ぐらいの女性が幼児のおむつを取り替えていた。顔をしかめていた乗客もいてさまざまであったが、女性は申し訳ないような表情をしていた。世の中には経験しないと分からないことが少なくなく、相手の立場に立ってものを考えるようにしたいものである。

交番に立ち寄って巡査に協力を求めたが冷淡であった。自分の点数になることは熱心であっても、他の署の刑事に協力したくなかったらしい。本署に行っても仕事が忙しいからと言われたが、私が若かったからかもしれない。署長室から偉そうな人が出てくるとみんな立ち上がって頭を下げていたが、これに似た光景はしばしば見られていた。

焼けたアスファルトの道路を歩いていると、汗がばたばたと落ちてきた。清楚な感じのする保健所に行くと着飾った女性が何人もいたが、職員の話により、パンパンと呼ばれている売春婦の定期の健康診断であることを知った。

Aさんの追跡捜査をしたがいまだ所在が分からず、近所の人の話によって人となりが分かった。兄弟はみんなまじめだが、この男だけぐれて警察官をやっている兄からは絶交を言い渡されているという。より所を失ったためにだますようになったらしいが、参考人のTさんはいつ帰ってくるか分からない。五時になったので電話で署長に捜査の経過を報告すると、引き続いて捜査するように指示されたので実家に泊まることにした。

七月三十一日（火）曇

Tさんを訪ねると行商に出かけるところであったが、事情を聞くことができた。息子が不行跡なことをしたため公務員を辞め、行商をせざるを得なくなったという。肝心の詐欺事件になると言葉を濁してしまい、あやふやな供述をするばかりであった。ようやく息子に勝手に処分されてしまったと言ったため、一部の事実を明らかにすることができた。

窃盗事件の捜査のため質屋さんを巡り、ぞう物が入質されていないか調べたが不審な物を発見することはできなかった。五時までに帰ることができず、捜査情況を署長に報告して、その日の勤務を終えた。

自由な時間になったので書店に立ち寄って数冊の文庫本を購入し、帰りの列車内で読むことができた。暑さのために窓は開かれたままになっており、汗をかいていた体が煤煙で汚れてしまった。下宿していたことのある旅館の風呂に入れてもらって客と話し合うと、何が気に食わないのか警察の悪口となった。お世辞を言うより面と向かって批判する者の方が正直であったし、傾聴に値するものが多かった。

八月　盗犯捜査強化月間

八月一日（水）晴

窃盗事件の捜査のためにO集落に行き、S商店のおかみさんの話を聞いた。ある人はまともに働いていないし、悪いことをしなければあんな贅沢な暮らしはできないよと言った。ある家では、五十歳を過ぎていると思えるおやじさんからむかしの話を聞かされたが、それは好きな娘のところに夜ばいにいったが、帰れなくなって泊まったことがあるというものだった。息子さんの前で自慢話をしているのを聞き、その神経を疑ってしまった。
夜、歯科医に誘われて囲碁をしながら話を聞くことができた。囲碁は年齢や身分に関係なく、楽しく打つことができた。

八月二日（木）晴

ミシン屋さんに行ったところ、主人は留守で奥さんが応対してくれた。いままで話し合ったことはなかったが、私を信頼してか、さまざまな話を聞かせてくれた。うちのとうちゃんには二号さんがいるけれど、どちらも公平に扱ってくれているし、私も二号さんと付き合っているから円満にやっていけるんですよと言った。本妻と二号の仲は悪いものとばかり思っていたが、このような生き方をしている人がいることを知った。
つぎに雑貨店に行くと、ぼろをまとった七歳ぐらいの女の子があめを欲しがっていた。私を見たおかみさんは、この人は怖いお巡りさんだから悪いことをすると連れていかれますよ、と脅すような言い方をしていた。子どものときのことが思い出され、警察官が嫌いだったのに刑事になっているのが不思議のように思えた。おかみさんは私には愛想がよかったが、この態度を見て見直さざるを得なかった。

八月三日（金）晴

いままでは、アルミニウムの粉末を使ってガラス戸などから指紋の採取をしていた。きょうは紙からの指紋を採取であったが、これは初めてのことであった。参考書を見ながら実施し、蒸気発生器を使ってヨードガスを発生させて紙片に吹き付けたが、技術が悪いのか指紋がついていなかったのか一つも採取できなかった。

警察官の殺人事件が新聞をにぎわしていたが、それは前に勤めていていた警察署の先輩であった。次男が盗みをしたために勉強部屋をつくるなどして更生させようとしたが、ふたたび盗みをしたために殺して自首したとあった。

まじめと見られている警察官は、まじめな子に育てようとするため子供の自由を奪いかねない。親と子どもの考えは異なっており、親の考えを押しつけようとすれば反発を招くかもしれない。どのようになろうとも愛情があったら殺すことはできず、世間体を気にしての犯行と思えてならなかった。

床に入って武者小路実篤著の『人間の意思について』を読み、感動したが納得できないものもあった。

八月四日（土）晴のち雨

三十五歳ぐらいの奥さんが庭で仕事をしていたので声をかけた。警察官であることを告げると、てきぱきと答えたため、土地の人とは思えなかった。主人が鉱山で働くことになって引っ越してきたが、いまだこの土地になじむことができないという。

集落には村意識という考えがあり、よそ者を受け入れようとしない傾向があった。村意識に溶け込むのは容易ではないが、それは個人の問題であったから、くちばしを差し挟むことはできなかった。

浅間高原の空気は澄み切っており、白樺の林を背景にした浅間山の美しい景色に接することができた。山登りをしたときの情景がつぎつぎに思い出され、忘れがたいものになっていた。晴れていた空が曇ったかと思うと、追いかけるように雷雲がやってきて十日以上も続いた乾いた大地に恵みの雨をもたらした。あすの日曜日をのんびりと高原で過ごしたくなり、署長に捜査報告をして許可を受けた。

八月五日（日）晴

朝早く目覚めてしまい、窓を開けてさわやかな空気を吸い込むことができた。目の前にそびえる浅間山を眺めたが、同じ山なのに時間や場所によって趣を異にしているのが分かった。朝のうちに中本たか子著の『愛は牢獄を超えて』を読み、刑務所の生活の模様を少しばかり知ることができた。

帳場に雑誌があったので開くと、岸田国士先生の「北海道紀行」が載っていた。浅間高原に似た光景が随所にあったため、一度は北海道に旅行したいと思った。

昼食をするために台所に行くと、昼間からビールを飲んでいる中年の男がいたので不審に思った。それとなくおかみさんに尋ね、筑摩書房の社長さんであることを知った。お巡りさん、いっぱい付き合わないかと誘われたが、酒やビールは飲めないために断った。話し相手が欲しかったらしく、田辺先生の原稿ができるのを待っているところだといい、気さくに話しかけられた。私も戦争や捕虜の話をすると熱心に耳を傾けており、いつまでも話が続いてしまった。

夕方になったので帰ろうとすると、おかみさんや社長さんにすすめられてもう一泊することにした。引き続いて話をすることができたため、親しみが増して仲間のような気にさせられた。社長さんと一つの部屋で休むことになると、酒や女の話をしたかと思うと子どもじみたしぐさをしたりした。奇異に思ったこともあったが尊敬の念に変わっていき、忘れることができない一日を過ごすことができた。

八月六日（月）晴

起きると社長さんはすっかり酔いが覚めており、ふたたび話を聞くことができた。いままではまったく知ることができなった出版界であり、話を聞いて理解することができた。いつまでも話が聞きたかったが、勤務の都合があったので、朝食を済ませてから別れることになった。求められて握手をすると、東京に出る用事があったら立ち寄りませんかと言葉をかけられた。偶然に知り合った社長さんであったが教えられたことが多く、楽しい有意義な時間を過ごすことができた。

暑い都会から抜け出し、涼しい高原で過ごそうと思っている人たちが多いらしく、キャンプ場は満員の盛況であった。一巡りしてから窃盗事件の聞き込みをした。

Kさんのところに立ち寄ると、子どもを引き取りたいという母親が見えていた。おかみさんは役場の手続きを済ませているから渡せないといい、話し合いがつかないため相談に預かるはめになってしまった。

民事の問題にくちばしを差し挟むことはできなかったが、いつまでも黙っているわけにはいかなくなった。最終的には裁判所の判断を待つほかないが、お互いに子どもが望むように話し合ったらどうですかと助言した。双方とも訴訟に持ち込む気はまったくなく、話し合いによって解決する気運になっていった。

広島に原爆投下の日であるが、戦争の悲惨さは忘れることができない。多くの戦争犠牲者の冥福を祈り、いつまでも平和であることを願いながら黙祷をした。

八月七日（火）晴

この地方の七夕祭りであり、各家庭では竹に色とりどりの紙をぶら下げていた。

捜査に出かけようとしたとき、アメリカの進駐軍と学生が見えた。兵隊を目の前にしたのは捕虜のとき以来であり、捕虜のときのことを思い出してしまった。あのときは片言の英語でジェスチャーを交えて話をしていたが、きょうは通訳がいたからその必要はなかった。捕虜のときのことを通訳を通じて兵隊に伝えてもらうと、握手を求められたため片言の英語で話をした。用件は警察の視察ということであり、通訳を通じて日本の犯罪検挙の成績はすばらしいことが伝えられた。

アメリカでは人権を尊重しているが、日本では検挙成績が重視されて人権が軽視されているからではないですかと反論した。そのことが通訳を通じて兵隊に伝えられるとアンダースタンドといい、捕虜の経験が役に立った。

遅くなってから手配されている男の弟が見え、兄が川原湯温泉のS旅館に泊まっているから捕まえてくれと言った。草津町署に連絡すると、取り調べをしていたときに逃げ出した的屋の親分と分かった。すぐに旅館に行って警察署までの任意同行を求めると、おれには前科がいくつもあり、世間をあっといわせるほどでっかいことがしたいんだと豪語していた。署にやってくると草津町署員の悪口をいい、おれよりももっと悪いやつを捕まえた方がいいんじゃないかと言った。草津町署の刑事がやってきて逮捕する旨を告げるとふて腐れ、どうにでもしてくれと言い張っていた。

八月八日（木）晴のち夕立

非番で一寝入りしていたとき呼び出され、草軽電鉄のアース線の窃盗事件の捜査をすることになった。自転車で出かけたため現場まで二時間もかかり、被害は広範囲にわたっていたが、道路がないために自転車を利用できず、線路上を歩いて被害を確認していった。周辺に人家がないために聞き込みをすることもできず、はっきりしたのは鋭利なカッターが使われていたことであった。被害書類を作ったり実況見分などしていると暗くなってしまい、線路伝いに自転車を置いたところまで戻って一日の捜査を終えた。

八月九日（木）晴のち夕立

何年かぶりで健康診断を受けたが、身長は一六四センチ、体重五九・三キロで以前とほとんど変わりなかった。ツベルクリンの注射をしたり、胸部のレントゲン撮影をするなどして結果を待つことになった。

警察署の会議室で防犯協議会があり、接客業者や接客婦など二十数人が集まった。署長は威厳を保とうとしたらしく緊張した面持ちで話をしたが、保健所長の話はユーモラスに富んでいて聞きやすかった。二時間ほどで会議が終了すると旅館で酒宴となったが、昼食だけ頂いて署に戻ってしまった。

A集落の人がアース線の窃盗事件の情報を持ってきてくれたため、掘り下げて犯人を割り出すことにした。三時ごろになると雷が鳴り出して大雨となり、ぴかぴかと光ったかと思うと、ごろごろと鳴り出した。またもや六年前の沖縄戦の激しい砲爆撃の音を連想してしまい、いつまでも悲惨な戦いが脳裏にこびりついていた。

八月十日（金）晴

七時ごろ自転車で出発したが、北軽井沢に着いたのが午前十時ごろであった。夏の日差しは真上から照りつけており、きのうの夕立も涼しさをもたらしてくれなかった。アース線の窃盗事件の目星がつくかもしれないと思ったが、情報が入り乱れていたことが分かった。旅館に宿泊していた家畜商に緬羊を盗んだ疑いがあったり、Lさんの裏にアース線が隠してあるなどの情報があったが、捜査を続けるといずれも容疑が希薄なものになった。あちこち飛び回って聞き込みを続けたが、どうしても証拠資料を見つけることができない。

夜間に納涼大会が開かれることになっていたため、駐在さんと警備に当たることになった。すでに音楽が鳴り響いて「英雄」や「ドナウ川のさざなみ」などの名曲が流されており、さすがは文化人の多くが住んでいる地区だと思った。このとき、もっとやさしい音楽をかけないかという酔っぱらいの怒鳴り声が聞こえたが、トラブルになることはなかった。

やがて宝物探しの催しになり、明かりを手にした人たちが駅の付近や神社を巡るなどした。自慢そうに宝物を手にした者もいれば、見つけることのできない者などさまざまであった。遅くまで警備についたため旅館に泊まることにしたが、たびたび泊まるようになったため、家族のように取り扱われた。

八月十一日（土）晴

窃盗の疑いを抱きながらSさんを訪ねたが、名目は空き巣ねらいの捜査であった。さまざまなことを尋ねながら言動に注意し、返答を求めるなどしたが、アース線の容疑はだんだんと薄いものになった。

Kさんのところに立ち寄ると数人の女学生がいたが、むかしと違ってはっきりと意見を言っていた。一人の学生は宮本百合子著の『若き女性のために』を手にしていたし、もう一人の女性は獅子文六著の『てんやわんや』を抱えていた。

四十歳ぐらいの女性が警察署の前で立ち止まり、おじぎをしてから通り過ぎていった。以前、町の中を練り歩いていたちんどん屋さんが、警察署の前を通るときだけ中止したことがあった。これに似たような光景は戦争中は見られたが、目の前にして戦前の習わしがいまだ残っているのにびっくりさせられた。

新聞記者が署に見えて先輩と雑談していたが、いつの間にか終戦の話になった。それぞれが戦争中の思い出を話しており、ひめゆり部隊の話に及んだが、それは報道の範囲のものだった。私は『沖縄の悲劇』を読んだばかりであり、ひめゆり部隊について詳しく説明をすると、みんなびっくりしていた。特攻隊員として沖縄の戦いに参加したことを話すと、だれも納得したらしかった。

八月十二日（日）晴

疲れがたまっていたため、容易に床から抜け出すことができない。障子の隙間から入ってきた風はいくぶん涼しさを増してきたが、暑い夏から抜け出すことはできなかった。

夏期手当をもらうために署に出かけて二千数百円を手にし、家に戻って堀辰雄著の『菜穂子』を読んだ。

八月十三日（月）晴

八月十日から九月九日まで盗犯捜査強化月間になっており、そのための臨時招集となった。群馬の検挙成績は関東管区内でもっとも低いため、本部長や刑事部長が発破をかけているという。検挙成績のよしあしは統計によって決められているが、実態が反映されているか疑問であった。

先日まで県の刑事部長をしていた警視は、検挙成績の悪いのは統計の取り方が悪いからだと言っていたという。統計の操作をすれば数字の上では検挙成績を上げたようになるとしても、それでは実態を反映したことにならない。盗犯の検挙成績を上げようとすれば無理な捜査をし、人権を侵すおそれもあった。

追放された八幹部の一人のMさんが、万座温泉に向かったとの情報があった。最終列車がやってくるまで駅での張り込みを続けたが、Mさんらしい人を見つけることはできなかった。

八月十四日（火）晴

一番列車が到着するときから張り込みを続けたが、お盆のせいかいつもより乗降客が多かった。情報にどれほどの根拠があるのか分からないが、間違っていれば張り込みの網にかかることはない。二番列車が到着するまで時間があったため、樋口一葉著の『たけくらべ』を読んで過ごした。

ふたたび張り込みについたとき、リュックサックを背負った男を職務質問した。アース線を細かく切断して詰めていたため出所を追及すると、あやふやな返答をしていたが、盗んだことを自供したため現行犯逮捕した。

逮捕されたのは三十六歳の無職の男であり、捜査主任が取り調べることになった。犯罪歴は見当たらなかったが、長野の警察署から詐欺で指名手配されていたことが分かった。引き続いて駅の張り込みに従事したが、午後六時に打ち切られたため、川原湯温泉の祭典の警備につくことになった。

制服に着替えて列車で出かけると、すでに芸者たちの手踊りやのど自慢などが始まっていた。日中の暑さを引きずっており、夜になっても涼しさは戻らなかった。道路の両側の旅館の部屋からは大勢の客が眺めていたが、なんのトラブルもなく終えることができた。

八月十五日（水）晴

Yさんの物置から出火して三棟を全半焼して鎮火したが、皇太子殿下が六里が原に見える予定になっていたため、捜査に当たったのは捜査主任以下三人であった。関係者から事情を聴取したり、実況見分をするなどして出火場所を特定していった。

火は走るといわれており、燃焼の度合いによって調べていくと、主人の寝タバコが原因と思われた。悲嘆にくれている奥さんから事情を聞くのは辛いことであったが、私情を差し挟むことはできなかった。

川原湯温泉でけんかしているとの通報があり、自転車でM旅館に急行した。二人の男は酔っぱらっており、女から話を聞いたところ、いたずらをされそうになったので抵抗すると殴られたと言った。男から事情を聴こうとすると食ってかかり、もう一人は入れ墨をちらつかせて悪態をついてきた。逮捕するためには応援を求めなければならず、それも簡単なことではなかった。やむなくなだめたり、説得したりして酔いが覚めるのを待ち、取り調べをしたため遅くなってしまった。

忙しさのために終戦記念日であることを忘れていたが、六年前のこの日は、沖縄の阿嘉島にいて餓死寸前の状態になっていた。

八月十六日（木）晴

アース線の窃盗被疑者を中之条区検察庁に押送し、副検事さんの取り調べが始まった。若い男が公判の書類を借りに見えると、先生と言っていたが、どのような身分の人かまったく分からない。取り調べを終えて勾留請求のために裁判所に行くと、先生と呼ばれていた男が弁護士の控え室にいた。どうして公判に必要な書類を借りにきたのか分からないが、二人が微妙な関係にあることを知った。

警察官はいろいろの権限を持っているが、すべて法令に基づいて執行しなくてはならない。そのためには法令を知らなくてはならないが、どれほどの知識を身につけているか心もとなかった。

検事や裁判官はたくさんの法令の知識を身につけているし、送られてくる事件の処理についても調べる時間の余裕があった。ところが警察官はその場で判断しなくてはならず、六法全書を調べることも上司の指示を仰ぐこともできない。

職務質問をして拒否されたとき、どのようにしたらよいか迷ったり、現行犯として逮捕できるかどうかで悩むこともある。分からないからといって手をこまねいていることもできず、知っている法令を駆使して最善の選択をするほかなかった。

八月十七日（金）晴

捜査主任の取り調べに立ち会ったが、取り調べは厳しいものであった。証拠によって自白を求めるというより、自白させてから証拠を収集する姿勢が強いようだった。現行犯逮捕された事実はすんなり認めたものの、余罪になると、のらりくらりした答弁を繰り返していた。被大きな声を出すとアース線の隠し場所を自供したため、うそかどうか確かめることにした。被疑者はいろいろの弁解をしていたが、それが事実であれば気の毒であり、うそであれば反省していないことになる。

犯罪を犯したといっても出来心ということもあれば、家族を養うためにやむを得ないこともある。ところが、被疑者の犯行は酒が飲みたいため、詐欺や盗みをしていた疑いが濃厚であった。捜査主任が席を外したとき、病気なら医師の治療によって治すことができるが、アルコールの中毒は自分で治すほかはないんだよとアドバイスしたが、どれほどの効き目があったか分からない。

むかしから「飲む、買う、打つ」で身を崩す者は少なくなく、アルコールやセックスやギャンブルに凝るとやめるのが難しいようだ。

八月十八日（土）晴

草津に出かけてL食堂を訪ねると、息子さんは不在だった。応対に出た母親に警察手帳を示すと顔色を変え、息子がどこにいるか分からないと言った。

男が働いていた会社に行くと、社長さんがアメリカ製のタバコをすすめてくれたが、それは捕虜のときに吸ったものであった。懐かしかったがタバコを吸わないために断ったが、社長さんは多方面に事業を展開しているらしかった。やくざと関係している疑いがあり、そのことについて尋ねたが何も語ろうとしなかった。

午後は裏付けのため六合村に出かけて、買い受けたとされる古物商を訪ねた。アース線を売りにきた男はまったく知らないと言ったが、事実を知っているのは本人のみであり、深く追及することができなくなってしまった。

八月十九日（日）曇

捜査主任と先輩の刑事は捜査のため草津温泉に出かけ、当直をしていたときに署長が見えた。休みの日は退屈するなと言って話しかけてきたため相手にするほかなかく、署長が帰ったのでラジオののど自慢の放送を聞いた。ハワイののど自慢で二世が一等と二等になり、日本にやってくることを知った。

その後、田部重治著の『心の行方について』を読み、どのように生きたらよいか考えることができた。

古物商の被害の届け出というのは、金を貸したがだまされていたというものであった。取引には多少のうそはつきまとうことがあり、詐欺になるかどうかはっきりしない。詳しく話を聞いていくと、だんだんと詐欺の疑いが希薄なものになったが、事件にならないと断定することはできなかった。詐欺として取り扱うのが難しいと話すと、泥棒をしているらしいから捜査してくれないかと言い出した。話に不自然なことがあったので追及すると、警察を利用して借金の返済を迫るねらいがあることが分かった。

八月二十日（月）晴

非番であったが、窃盗の被疑者の取り調べをするとさまざまな弁解をした。黙秘していると、うそかどうか明らかにするのは容易ではないが、うその供述には矛盾がともなってしまう。矛盾を追及するとつじつまを合わせをするため、新たな矛盾が生まれたりする。被疑者はカッターを東京で買ったと主張していたが、草津で買ったと言い換えたため事実を明らかにすることにした。

八月二十一日（火）晴のち雨

窃盗事件の裏付け捜査のために草津に出かけ、金物屋から買った事実を明らかにすることができた。数人の参考人からも事情を聴取したため、捜査は夕方までかかってしまった。最終のバスの時間まで間があり、湯畑の近くの小さな書店に立ち寄った。たくさんの古書があったが、もっとも多かったのがキリスト教に関するものであった。『キリスト教十訓』や『山上の垂訓』を手にしたところ、主人に話しかけられてプロテスタントなどについて説明をしてくれた。信者になる気はなかったが、新しい知識を身につけたくなったので購入した。

八月二十二日（水）曇のち雨

午前八時三十分に参考人のMさんを呼び出してあったが、いつになっても姿を見せなかった。

午前九時に県の本部から電話があり、皇太子殿下が峰の茶屋から鬼押し出しに向かったから警備を頼むと言ってきた。急いでも間に合うかどうかの時間になっており、運送会社からトラックを借りて役場職員に運転を依頼して出かけた。

峰の茶屋に着いたときにはすでに通過されており、鬼押し出しに行くとたくさんの人だかりがしていた。皇宮警察の人たちに警護されながら眺めていたが、こんなに大勢の人に取り囲まれて眺めるより、静かな環境の方がよいのではないかと思ってしまった。

峰の茶屋まで引き返すと小浅間に登って行ったため警護の必要がなくなり、トラックで帰ることができた。ふたたび参考人の所在を確かめために家族に連絡したが、相変わらず行き先が分からない。

八月二十三日（木）雨

きのうから降り続いていた雨はやむことがなく、アース線の捜査が終了したので川原湯温泉の女性の下着泥棒の捜査となった。被害にあっても届けをしない人が多いため、実態を明らかにすることができない。盗まれた物はほとんどが女性のパンツであったが、洗濯物を外に干すことができないことが問題になっていた。

飲食店ですいかを出されたが、手をつけてよいかどうか迷ってしまった。高価な物であればはっきりと断ることができるが、世間では当たり前のことであっても職務が絡むおそれがあると簡単には決められない。

ラジオが臨時ニュースを報じていたが、それは国連軍が開城（ケソン）を攻撃したため停戦会議が中止になったというものであった。ふたたび南北の朝鮮が戦うことになれば、どちらにとっても不幸なことである。

八月二十四日（金）晴

先に呼び出した草津のKさんが見えなかったため、事情を聞くために訪ねていった。母親の話によると、二十二日に警察に行くといって家を出たが、いまだ戻ってこないという。息子をかばっているのかどうかはっきりしないが、本人がいなくては事実を確かめることができない。母親に事情を告げて出頭するように依頼したが、本人が応じるかどうか分からないし、参考人とあっては強制的に調べることもできない。

草津町署に立ち寄ると幹部の姿は見えず、知り合いのA刑事がいただけであった。だれに気兼ねすることなく話し合ったため、さまざまな話を聞くことができた。同僚は署長にお中元やお歳暮など贈ってかわいがられているが、七千五百円の給料から一千五百円の家賃を支払っていては、そんなお付き合いはまっぴらだと言っていた。これに似たことはどこの社会にもあることであるが、このような悪弊をなくすのは簡単なことではない。

興業所の事務所にたくさんの感謝状が並べてあったが、額面通りなら素晴らしい業績をあげていたことになる。すなおに受け取れなくなっていたのは、政治家や役人にごまをするなどしてご機嫌取りをし、裏取引があることが分かったからである。

古物市場に行くと朝鮮の休戦交渉の決裂を喜んでいる人がいたが、これは金属類の値上がりに期待していた人たちであった。

当直勤務についていたとき、酔っぱらい同士のけんかがあって飲食店に急いだ。名前を聞いても答えず、ポリ公と怒鳴られてからまれてしまった。こんなときでも冷静でいられるのは、酔っぱらいの取り扱いに慣れてきたし、対処する方法を身につけることができたからであった。

どのように取りなしても抵抗がやまないため保護したが、大きな男を本署まで連れてくるのが容易ではない。看守がいないために保護室に入れることもできず、酔いが覚めると身元も分かったので家族に引き取ってもらった。

八月二十五日（土）晴

非番で寝不足であったため、午前中は休むことができた。

先日、草津の古書店に行ったとき欲しかった本があった。給料を手にしたので出かけていって『明治・大正文学全集』を手に入れることができた。

八月二十六日（日）曇のち小雨

ぐっすり休むことができたため、昼は本を読んだり、ラジオを聞くなどした。

盗犯捜査強化月間のために夜警をすることになり、本部には午後八時から翌日の午前五時まで実施するとの計画書が提出されていた。実際の夜警は午前零時から四時までになっていたため、睡眠をとるために明るいうちに床に入った。いつものサイクルと異なっているためか、容易に寝つくことができず、四時間ほどの睡眠となってしまった。

同僚と二人で長野原駅近くの須川橋詰の三叉路で張り込むと、どんよりしていた空からぽつりぽつり雨が落ちてきた。一寸先も見えないような暗闇であり、同僚との話し合うこともできず、じっと犯人を待つだけであった。ときたまトラックが通るだけであり、人の通りはまったくなく、単調な時間が過ぎていた。楽しい時間が過ぎるのは早く感じられても、暗闇でじっとしている時間はとても長く感じられた。

八月二十七日（月）晴

新聞が、日本が二十四個師団の防衛隊を編成し、二十万人の軍隊を持ったと報じていた。軍隊を持つことに賛成の人もいれば反対の人もいたが、平和を願う気持ちには変わりがなさそうだ。

窃盗事件の捜査のために自転車で川原湯に出かけると、パンツを盗まれた被害者が新たに見つかった。事情を聞いたところ、犯人の心当たりがあるというが、手元を見ていないとの理由で名を明かそうとしない。被害者の協力を得ることができなかったが、捜査していることが分かったらしく被害の発生がなくなったという。

神社の祭典であったが、人出が少ないために駐在さんだけで警備することになった。

八月二十八日（火）晴

先日購入した『山上の垂訓』を読んで感動はしたが、クリスチャンになろうという気にはなれなかった。警察官は政治的に中立でなければならないし、組織に入ると組織のために働かざるを得なくなることが分かっていた。警察にはさまざまな制約があり、そのために個人の自由が制限されたものになるが、現職にとどまる限り避けることはできない。

学校の同級生の手紙を受け取ったが、警察官を辞めるな、とあった。だれに聞いたのか分からないが、このように忠告してくれる人は珍しく親しさが込み上げてきた。彼の考えは安全運転であったが、私は自分を生かすことに重点をおいていたから考えが異なっていた。どちらが正しいかというより、それぞれが自分がよいと思う道を歩けばよいことであった。

あちこちで自治体警察の廃止の動きがあり、長野原町にあっても賛否を決めるために議会が開かれていた。廃止を決めればやる気をなくす警察官もいると発言したベテランの町議の意向が入れられ、当面、十一対十一の同数にしたという。憲法では公務員は国民全体の奉仕者と決めており、廃止になっても存続になっても変わりはないはずである。

八月二十九日（水）曇

O集落に行くために古森の坂に差しかかると、先日と同じように道路の工事がなされていた。K集落に出ると目の前に六里が原の高原が広がっており、しばし足を止めて眺めた。

空き巣事件の捜査をするため、農作業をしている農夫の手伝いをしながら聞き込みをした。事件のことを聞くことはできなかったが、給料取りはいいねと言われてしまった。そのわけを尋ねると、大雨のために土砂崩れがあって車の通行ができず、特産のかんらん（キャベツ）を廃棄せざるを得なくなったからだという。収入源になっている農家にとって大きな損失であり、私には給料が安いという不満があったが、口にすることはできなかった。初めて訪ねた家の主人からも似たような話を聞かされたが、自分の仕事より他人の仕事の方がよく見えるらしいことを知った。

農家から一歩出ると、煙をはいている浅間山の勇姿が目の前にあった。私には美しく見える景色であったが、ここで暮らしている人たちにどのように映っているかは分からない。ふるさとが懐かしくなるのは、ことによると同じような風景を毎日のように見ていたという共通点があるからかもしれない。

あちこちで無料の健康診断を行ない、レントゲンの検診や映画会を開催している医師がいた。選挙の事前運動だとけなす者もいたが、それが前提になっていたとしても、悪いと決めつけることができない。問題なのは、その医師が政治家になったとき、どれほど国民に奉仕することができるかということであった。

午後九時三十分ごろサイレンが鳴ったが、火事ではなくトラックがガケから落ちた知らせであった。その場所は自転車で通るのも怖いような場所であり、どこのトラックで何人乗っていた不明であった。大勢が集まっていたが指揮者はおらず、口々にしゃべっているだけで成すすべがなかった。

こんなとき一人の若者がロープを背負って見え、木にくくりつけたかと思うと滑るように降りて行った。やがてけがをした若者を背負ってきたため、すぐに医院に運ばれていった。危険なガケを降りて人命救助をし、名前も告げずに立ち去ったが警戒は続けられていた。午前一時を過ぎると人影が見えなくなったが、立ち去ることができないため徹夜の警戒となった。

八月三十日（木）曇

落ちたトラックはM会社のものと分かったが、いまだ一人が不明になっていた。明るくなると作業が始まり、消防団員がロープを伝(つた)ってガケを下りた。死体が見つかったぞ、という声が聞かれ、やがてロープによって引き上げられてきた。死体にすがりついた母親は目にいっぱいの涙を浮かべ、いつまでも抱き締めて悲しみをこらえていた。

ワイヤーロープを使って転落したトラックを引き上げる作業も開始されると、通行止めになってしまった。バスや自動車は止まったままであり、小学生は避けるようにして通っていった。トラックが引き上げられて交通が回復したのは正午近くであり、ようやくバスなどの通行が可能になったので警戒が解除になった。

名前も告げずに人命救助に貢献した若者を探すと、旅館に宿泊していた鳶職人であった。ぶっきらぼうな言葉遣いで一見してよた者のように見えていたが、勇気ある行動に感謝せずにはいられなかった。町では回覧板を回して人命救助した若者をたたえていたし、署長も感謝状を与える準備をした。

八月三十一日（金）晴

留置人の兄弟が面会にやってきたが、帰るときに持参していたお菓子を差し出した。みなさんで食べてくださいと言ったので断ると、先輩が横やりをいれ、このくらいの物ならいいんじゃないかと言った。人にはさまざまな意見があるが、正しいか正しくないかというよりも、権力のある者によって決められる傾向があった。

飯場には大勢の土工さんが寝泊まりをしていたが、みんな出稼ぎであった。土地の人たちからは酒と女癖が悪いといわれており、悪い人たちの集団のように見られていた。もし、自分の息子がこのようなグループにいたら見方が変わるのではないか。

昼食をするために食堂に行くと、酒を飲んでいる六十歳ぐらいの人と四十歳ぐらいの男がいた。聞くともなしに聞いていると、二人とも身内から戦争の犠牲者を出していることだった。年配の男は炭焼きをしており、家には一か月に一回ぐらいしか帰れないという。作業していた近くのY集落で火災があったとき、なけなしの三百円を寄付したと言っていた。古くなって汚れた衣服を身につけていたが、心は優しいのに違いないと思った。一風変わった人のように見えたが、何かを教えられたような気がした。

九月　心中に見せかけた殺人事件

九月一日（土）晴

どの新聞もパンアメリカ号で出発する吉田首相の講和全権団のことを報じていた。日本再出発に重大な役割をなしているというが、真の独立国家になると考えるのは早計のようだ。ソ連が講和会議には参加しておらず、朝鮮開城の会談も破綻をきたしているため楽観することはできない。日本はアメリカとソ連のはざまの中に立たされており、常に戦争に巻き込まれる危険をはらんでいた。

新聞記者が警察署に見えたとき、署員との間で自治体警察の存廃などが話し合われた。百万円の退職金をくれれば、いつでも辞めてやると言い出す署員がいたが、それは希望に過ぎないことであった。再軍備の話になると記者は反対の意見を述べていたが、政治の問題が絡むためか、発言する警察官はいなかった。

S集落のYさんから、現金八千円と預金通帳が盗まれたとの届け出があった。捜査主任と自転車で急いだが四十分ほどかかり、事情を聞いたところ置き忘れと分かった。気分を壊した捜査主任は怒鳴りつけていたが、このような間違いはだれにもあることだった。
社長さんとは初対面であり、話を聞いても信用できる人かどうか分らなかった。机の上の『群像』と『文学界』を見て想像するほかなく、人柄を見抜くのは容易ではない。

九月二日(日)晴

日直であり、五日までに提出するペン習字の課題を繰り返して練習した。あきてきたので高杉一郎著の『極光のかげに』を読み、ソビエトの一部を知ることができた。楽しい読書はいつまでも続けることができたが、努力することには限界があることが分かった。
夕方、数人の酔っぱらいが警察にやってきて口々に悪口を言ったり、ののしったりしていた。酔っていない人から事情を聞くと、その男はトラックの運転手であり、酔っぱらいに車を止められて警察にやってきたという。おれたちは土方なんだ、警察でどうにもしてくれといい、収拾がつかないような状態になっていた。水でも飲んで酔いを覚ましたらどうですか、と言って差し出すと、このお巡りは話せるじゃないかといい、飲み終えるとぞろぞろと駅に向かった。

九月三日(月)晴

草津町署で取り逃がした犯人が、北軽井沢に現れているとの手配があった。午前九時二十分発の北軽井沢行きのバスに乗り、情報を頼りにして追跡を開始した。ばらやすすきや名の知れぬ雑草をかき分けながら二度上に行くと、衣服を盗まれたという被害者がいた。服装を変えて逃走している疑いがあり、浅間牧場方面に逃走したとの情報があったので追いかけた。この一帯は上信越高原国立公園に指定されており、女郎花、梅鉢草、松虫草、桔梗、萩など色とりどり草花が咲き誇っていた。高原の空気を吸いながら追跡を続けると、新軽井沢の駅で張り込んでいた草津町署員に逮捕されたと知らされた。盗んだ服を着た犯人と乗り合わせ、後ろ手に両手錠をかけられていた犯人を見て指さす者がいた。

遅くなったので帰る便がなくなってしまい、またもや旅館に泊めてもらうことにした。駐在さんに誘われて夜釣りをすることになり、みみずをとって照月湖に行ってボートに乗った。淡い月の光が湖面を照らしており、涼しい風にあたりながら釣りをすると浮きがピクリと動いたが、釣れたのはフナ一匹だけであった。

九月四日（火）晴

北軽井沢で捜査することになったが、夏は若者でにぎわっていたが人の姿はほとんど見られない。別荘の管理人の話によると、トラブルらしいことは一つもなかったし、別荘の空き巣事件の届け出もないという。空き巣の被害に遭うのはこれからであり、駐在さんがいても広い別荘の空き巣を防ぐのは難しい。

刑事はどこに聞き込みに行こうと自由であったが、いきなり訪ねてびっくりされたこともあった。事件について尋ねるのはもちろんであるが、雑談をしたり犯罪予防の話をすることもあった。できるだけ相手に迷惑をかけないように心がけ、時には仕事を手伝いながら聞き込みをしたこともあった。

帰りの途中に顔見知りの人のところに立ち寄ると、娘さんが駆け落ちした話を聞かされた。うわさだから真実は分からないが、世の中にはうわさを楽しんでいる人がいるらしかった。

九月五日（水）晴

窃盗の工事現場に急いだが、盗まれたのは四十メートルほどのロープであった。被害にあった日時ははっきりしていないし、証拠になるようなものは残されていない。犯罪の捜査をする上で大事なことは、いつどこでだれがどのようにして盗み、どのように処分したかを明らかにすることであった。

駅の周辺で聞き込みをしていると、殺人事件が発生したとの知らせがあった。カメラを持って川原湯のF旅館に急ぐと、すでに実況見分が始まっていた。死亡した女性は布団にくるまっており、お盆には飲みかけのオレンジジュースがあったし、枕元には三枚のトランプが並べてあった。

捜査主任の検視が始まってつぎつぎに衣類を脱がせていき、それに合わせるように撮影していった。素裸になると八頭身の美人の体があらわになったが、白い肌にはわずかに赤紫の色が見られた。主任は髪の毛をかき分けたり、眼瞼（がんけん）結膜の溢血（いっけつ）点の有無や、耳、口腔内や陰部などを調べるなどしたが死斑も硬直も見られなかった。

一緒に泊まった男の話によると，風呂から出て部屋に戻るとオレンジジュースを飲んで自殺したという。缶入りの青酸カリを提出したが、届け出が遅れていたり、きちんとした格好で布団に横たわっているなど不審の点が多かった。

二人は三日前に投宿しており、宿泊人名簿には男の氏名のみ記載されていた。住所が東京で二十二歳とあったが、そこには該当者がいないため、身辺の捜査をすることにした。女も男も母親にあてた遺書を持っており、一緒に死のうと思ったというが、男の話を信ずることはできなかった。心変わりしたというより、自殺に見せかけて殺した疑いがあり、それを明らかにすることにした。

身辺捜査によって男の年齢は十八歳と判明しただけでなく、前に勤めていた会社では多量の青酸カリの被害にあっていた。さまざまな資料によって自殺に見せかけて殺した疑いがますます強くなり、検察庁に通報して裁判官の令状を得て、群馬大学の法医学の教授に解剖を依頼した。旅館の裏庭に仮設の解剖台がつくられたが、私の技術では心もとないので、地元の写真屋さんに撮影を依頼した。

午後十一時ごろから解剖が始められ、胸元に差し込まれたメスによって腹部が開かれ、胃、腸、肝臓、腎臓などがつぎつぎに取り出された。頭部はのこぎりによって切断され、大脳や小脳が取り出されて無残な姿に変わり果てていった。ふたたび切り口が縫合されたが元の姿に戻ることはなく、解剖が終了したのは午前二時十五分であった。

九月六日（木）晴

旅館の一室で目覚めたが、伝わってくる川風に秋を感じるようになった。川原湯温泉は日陰になっていたが、吾妻川の向こうの斜面は陽光を浴びていた。検事さんを交えて捜査の打ち合わせがなされ、殺人の疑いがあったため、若い検事さんの取り調べに立ち会うことになった。

取り調べは静かな口調で始められ、男はいろいろと弁解して容疑を打ち消すのに必死になっていた。「死人に口なし」というから、僕の言ってことが信じてもらえないかもしれませんが、僕の言っていることは間違いのないことですと言い切った。

どのような話にも検事さんは耳を傾けており、諭すような口調で取り調べが続けられた。だんだんと弁解に行き詰まるようになり、矛盾点を追及されると男の態度にも変化が見られるようになった。ついに殺したことをほのめかすようになったため、殺人の容疑で逮捕状請求の準備を始めた。

昼食になったので保護室に戻されて私が監視に当たっていると、男に話しかけられた。この世に亡霊があるんですかと聞かれたため、あるかないか分からないが、夢に出ることはあるかもしれませんねと返事をした。すると、ある女の子には嫌われていてもその子が好きですが、嫌っている女の子には好かれて悩んでいるのですと言った。自殺したとされる女の枕元に三枚のトランプがあったが、それに関係あると思ったが追及することはできなかった。

水を所望（しょもう）されたのでコップの水を差し出すと、苦しい、苦しいと言ってばったり床に倒れた。医師に連絡すると駆けつけてきて胃洗浄をしようとしたが、そのときにはすでに絶命していた。どのようにして自殺したのか原因調査が始まり、男がパンツに少量の青酸カリを隠していたことが分かった。私の監視が不十分であったことの責任はあったが、保護だったから致し方ないのではないかという意見に救われた。

娘さんの検視や解剖に接するなどしたが、今度は目の前で男に自殺されてしまった。戦争で多くの人の死を目の前にしていたし、刑事になってからも、殺人や自殺や心中などの死にかかわっていた。死がどのようなものか分かっていたため、それほどのショックにはならなかった。二人とも遺書には幸福に死んでいきますと書いてあったが、女は殺されて男は自殺してしまった。二人がどのようにして出会ったのか分からないが、結末はあまりにも惨めなものであった。遺書を書いたときに女は幸福だったかもしれないが、男の遺書には疑問が残ったが解明することができなかった。

九月七日（金）晴

睡眠不足であったり、若い男女の死に接して、なんとなくむなしい気分にさせられていた。母親が女の死体を引き取りに見えたとき、男が自殺したことを知らせると、いい気味だ、いい気味だと言っていた。母親は娘と男との交際を知っていたらしかったが、そのことについては語ろうとしなかった。

国家地方警察から窃盗事件の犯人が列車に乗るとの情報があり、人相などが手配されてきた。管轄は違っていても警察は相互に協力する義務があり、長野原駅で張り込みをした。新聞で大きく取り上げられていたため、川原湯の心中事件の話をしていた若い男女がいた。

渋川駅発の列車が到着すると、人相と照らし合わせながらチェックした。つぎの列車まで間があったので駅前の食堂に立ち寄ったところ、三十五歳ぐらいの小太りの女が露骨なエロ話をしていた。浮気なんかその日の出来心さといい、お客さんを笑わせていたが、世の中にはうれいを隠すために陽気に振る舞っている者もおり、この女性の本心は分からない。

張り込みは最終の列車まで続けられ、合間をみては本を読むなどした。情報がどれほど正しいか分からないが、どうしても、犯人を見つけることはできなかった。

九月八日（土）晴

男の母親が遺体の確認にやってきたため、男の話を聞くことができた。

「S子さんと付き合ってから一年になりますが、息子は頭がよくてませていたのです。夫は大きな会社を経営していたが、倒産したために息子の大学進学の夢も絶たれてしまったのです。それでもS子さんには父親が大きな会社を経営しているとか、大学を出たと自慢していたようでした。うそがばれてS子さんに嫌われるようになったらしいのですが、そのことについては詳しいことは分かりません。すでに夫とは離婚して生活に困っており、遺体を引き取りたいのですがそれもできないのです」

このように言って遺体を確認すると泣き崩れてしまい、しばらく動こうとしなかった。母親が引き取ることができないため、町の無縁墓地に葬ることになると、一生懸命働いて金を貯めることができたら引き取りにやってきますと言った。

九月九日（日）雨

ラジオは対日講話条約に触れており、独立国になって世界の仲間入りができると報じていた。たとえ独立国家になったとしてもアメリカの援助を受けなければならず、真の独立国家になれるか疑問であった。各国が真剣に平和を望んでいるらしかったが、軍備の拡張が続いているだけでなく、戦争の火種はあちこちでくすぶっていた。

桜の葉も黄色くなって辺りに秋の風景が漂うようになり、灯火親しむの頃になってきた。雨がしとしと降っており、外に出るのがおっくうであった。『コンチッキ号』を読み始めたが、なぜか終わりまで読むことができなくなっていた。その原因ははっきりしないが、ことによると若い男女の死に関係があるかもしれない。

きのうでサマータイムが終了したが、山の中では恩恵に預かった気になれなかった。

九月十日（月）晴

労働組合の人たちが自治体警察の廃止運動をしており、あちこちで署名集めをしているとの情報が入った。町議会では自治体警察の存続を決めたばかりであり、そのための反対であることが分かった。

ある議員の話によると、廃止の意見を述べていた議員もいたが、有力議員の説得に応じて全員が賛成に回ったという。労働組合が、どのような理由で反対しているのか分からないし、町議会だってビジョンを持っているわけではなかった。お互いにメンツをかけた泥仕合の様相を帯びており、解決のめどがつかなくなっていた

九月十一日（火）曇

朝の三時半ごろ、がやがやするので目覚めて表に出ると、それは江ノ島や鎌倉に旅行する

中学生の一団であった。ふたたび寝ようとしたが寝つくことができず、枕元にあった夏目漱石著の『三四郎』を読んでほくそえんだ。同じ作家の本が読みたくなり、つぎに『夢十夜』を読むことにした。

別荘の管理人から空き巣の届け出があったが、北軽井沢行きのバスは発車したばかりであった。真田行きのバスで嬬恋村の三原で草軽電鉄に乗り換えることにし、バスに乗ると中年の酔っぱらいがいた。だだをこねていたし、乱暴がひどいので見かねて三原に着いたとき、派出所の警察官に引き渡した。

北軽井沢に行く電車の中でフランス文学の学者と会い、話を聞いているうちに駅に着いた。管理人の案内で別荘に向かうと若い四人の男女が絵を画いており、横目に眺めるなどした。被害に遭ったのは東京の大学の教授であり、九月一日から留守になっていたという。窓ガラスが破られていたが勝手に屋内に入ることはできず、外部の指紋や足跡の採取をし、被害の確認は後日にすることにした。

きょうも役場の会議室で緊急の町議会が開かれ、労働組合の署名運動に対する対策が協議されたという。このようになってくるとお互いに後に引けなくなり、結論が出しにくくなるのではないか。

九月十二日（水）曇

けさの新聞で警察官の暴行事件が取り上げられていた。パチンコを巡る店員と警察官のトラブルであり、おれはM署の警部補だと怒鳴って殴りつけたとあった。一般人であったらこのような事件で報道されることはめったにないが、法の執行者である警察官であるために大きく取り扱われたのかもしれない。

きょうも別荘の管理人から被害の届け出があったため、今度はバスで北軽井沢に行くことができた。懇意にしている人から自転車を借りての捜査となったが、管理人が巡回して新たにガラス戸が破れているのを発見していた。ここでも被害の確認をすることができなかったが、夏の期間だけ別荘で過ごす人が多く、被害の確認は後日となった。被害品が分からないため、手口やはっきりしない足跡を頼りに捜査するほかなかった。

肌を刺す風で寒さを感じるようになってきたし、捜査も手探り状態になってしまった。犯人がどこからやってきて、どこへ逃げたかまったく分からず、浅間山に尋ねたい気にさせられた。

九月十三日（木）雨

朝からしとしとと雨は降っており、表で騒ぐ声が聞こえた。それは運送会社のトラックと鉱山の乗用車の衝突事故であった。けが人はなかったが衝突したばかりであり、お互いに責任のなすり合いをしていた。どちらにも過失がなければ事故が起こることはなく、原因を究明するために別々にして事情を聞いた。お互いに相手の不注意を指摘していたが、はっきりしてきたのは、双方のスピードの出し過ぎであった。

お寺で「講和後の日本」と題する講演会が開かれおり、仕事の合間をみて聞くことができた。感心しながら聞いていると、対立する政党を口汚くののしったり、こき下ろしていた。聞いていた人がどのように受け止めていたか分からないが、相手の悪口を言って自分の正当性を誇示しているみたいであった。

世の中にはこれに似た現象は少なくないが、自らの品位を落としていることには気がつかないらしい。

九月十四日（金）曇

町の中を歩いていたとき、「深沢さん」と声をかけられたので振り向くと、二年前まで警察に勤めていた女性であった。子どもを抱えていて毎日が楽しいと言っており、幸せに暮らしているようだった。

川原湯に行くとき少しは遠回りであったが、別のコースを通ることにした。吾妻川にかかっていた弁天橋はかなり傾いており、いつ倒れるか分からない状態になっていた。交通止めにしようとすると、地元の人に反対され、予算がないために掛け替えもできないという。おっかなびっくりしながら自転車で渡り、久しぶりにY集落に行った。大尽とか長老と言われている人がおり、集落の代表格になって偉そうに振る舞っているが、人物評価となるとまちまちであった。

九月十五日（土）雨

宿直室で目を覚ますと、雨が降っていて、なんとなしにものさみしさを感じさせられた。きょうは老人の日であり、新聞もラジオも老人をいたわりましょうと声をかけている。お祭りや記念日だったら一日でよいかもしれないが、子どもや老人の日は一日だけの行事にしてもらいたくないものだ。

　人は生まれたときからさまざまな経験をしながら年を重ねていき、やがて生涯を終えることになる。年寄りは働かないといわれているが、それまで働いてきており、年をとったために働けないということもある。いまの若い者がいられるのは年寄りがいるからであり、老人や子どもだけでなく、だれにも親切にしたいものである。

　ペン習字の課題は、終わりまで忍ぶものは救われるであった。同じ文字を何回も練習をしたが、うまくなったとは思えない。努力することには限界を感じてしまうが、『リルケの詩集』はあきることなく読み続けることができた。

九月十六日（日）曇

　日曜日にO中学校の教頭先生から、学校で二千円が盗まれたとの届け出があった。バスが発車したばかりであり、自転車で出かけたが二時間ほどかかった。日教組が国歌を歌うことや、国旗を掲揚することに反対と思われたが、校庭には真新しい国旗掲揚塔が建てられていた。教頭先生の話によると、講和条約締結の記念にPTAから寄贈されたものだという。

　先生の話によると生徒の仕業だといい、日曜のために届け出るのをためらっていたが、PTAから突き上げられているという。警察で調べてもらうほかないというが、生徒が盗んだという証拠があったわけではない。この種の犯罪は続発するおそれがあったため、早期に解決する必要があった。生徒の犯行だとしても関係者がどれほど理解しているか分からず、人権にも配慮しなくてはならない。

九月十七日（月）晴

空を見ると薄雲がかかっており、秋を感じるようになった。雲もさまざまであり、流れるものもあれば、動こうとしないものもあった。人間の社会にも似たようなところがあり、思い思いの生き方をしていても自然に大きく影響されている。

飲食店のおかみさんは、女中に逃げられたといってぼやき、さかんに悪口を言っていた。悪口を言われている女性がどのような人か分からなかったが、理解できたのはおかみさんの人柄であった。

帰りに弁天橋を通ったが以前よりひどく傾いており、補修中であったが一時しのぎに過ぎなかった。びくびくしながら自転車を転がして渡ったが、つぎにやってきたとき、どのようになっているか分からない。

ラジオのニュースによると、ことしの六月までに発生した警視庁管内の少年犯罪は五万件に達しているという。少年が犯罪を犯すと親の育て方が悪いからだという声が聞かれるが、少年よりもっとひどいことをしている親だっている。少年の犯罪や非行は補導の対象にすることができるが、成年はどんなにあくどいことをしていても、法令に違反しない限り検挙されることはない。

九月十八日（火）曇

出勤すると十一歳の児童が保護されており、長野県の児童相談所から逃げ出していたという。実家に帰るつもりでいたが長野原を長野と間違えたというが、長い距離を歩いてきたから疲れているらしかった。食事を与えるなどしており、児童相談所に連絡して引き取ってもらうことになっているという。

午後三時から四万温泉で捜査会議が開かれることになった。出席する者は吾妻地区の各署の捜査主任と捜査係であったが、どうして午後三時なのか分からなかった。温泉に着くと手を振りながら近づいてきた女性がおり、ちょっと寄っていきませんかと声をかけられた。警察の者だけれど、どんな用事ですかと尋ねると、くもの子を散らすように去っていった。

会議のあったのは、四万温泉の奥にあった静かな一軒の旅館であった。バスを降りてからきれいな水が流れている川に沿って歩き、緩やかな山道に入った。真っ直ぐに伸びた杉の林を通り抜けるとき、神秘的なものを感じ、自然に圧倒される思いがした。やがて紅葉の時期を迎えようとしており、二時半ごろ旅館に着いた。

三時になっても会議は始まらないため囲碁をしていると、三十分ほど遅れて始まった。検察官や各署長のあいさつがあったが、会議らしいものはなく宴会になった。お膳の上に山菜や川の魚などが並べられ、どこでも行なわれている杯のやり取りとなったが、私は空けることをしなかった。

九月十九日（水）　雨のち晴

目を覚ましたとき多くの人は眠っており、一人で広い浴槽に浸りながら雨に濡れている外の景色を眺めた。トタン屋根に当たる雨や川の流れる音に耳を傾け、自然の営みに酔いしれていた。

朝食のときに各自のお膳の上に一本ずつとっくりが置かれており、笑顔を浮かべていた者もいたが、私は酒好きの同僚に渡した。朝食が済むと解散になり、会議の名の慰労会であったことが分かった。

思い思いに行動することができたが、傘がなかったので雨がやむのを待った。霧が立ちこめていたから辺りの山もかすんでおり、天候が回復する気配はなく、小雨になったので四万温泉のバスの停留所まで歩いた。雨のためか浴衣姿のお客さんもまばらであったが、またもやパンパンと呼ばれている売春婦に出会った。話を聞くと、以前は伊香保温泉で働いていたが、取り締まりが厳しくなったので四万温泉にやってきたという。

帰りのバスの運転手は腕がよいのか乱暴なのか分からないが、三十五分ほどで中之条駅に着いた。一時はやんでいた雨がふたたび降り出したが、雨に打たれながら近くの書店にいった。棚に並んでいた本の中に市民文庫の岸田劉生著の『美の本体』があり、どのようなものか興味があったので購入した。

ロマンスカーで原町まで行ってアメリカ映画の『欲望の砂漠』を見たが、正しいものは正しさのために救われるという内容であった。映画から教えられることは少なくなく、目先のことにとらわれない生き方をしようと思った。

九月二十日（木）晴

隣村の六合村に出かけたが、このような山奥までやってきたのは二度目であった。ガケの中腹をえぐられたような細い道路があり、自転車を止めて谷底をのぞくと、背筋が寒くなる思いにさせられた。そこを通り抜けると数軒の人家が散らばっており、製材所にいって窃盗の参考人の事情を聴取した。みんなが汗びっしょりになって働いているの見て、なんとなく気後れがした。

帰りにたった一軒の旅館に立ち寄ると、どこかの視察団の一行が見えていた。バスを通すことができるかどうか話し合っており、温泉の経営者はバスを通すこと願っていた。ところが視察団の一行は，過疎の村で人口も観光地も少ないし、道路事情も悪いから通すのは難しいと言っていた。旅館の主人はそれでもひるまず、この奥には川の中に温泉があり、そこで生そばを食べることができるんですよと主張していた。双方の駆け引きが続けられていたが、道路の改修に莫大な費用がかかることはだれにも分かっていた。

食堂で食べた生そばは、いままで味わうことができなかったおいしいものであり、難儀してやってきたことを忘れさせてくれた。

九月二十一日（金）晴

彼岸の入りであったが涼しいというより寒いくらいだった。O集落に行くと顔なじみの人が多くなり、何かあったんですかと尋ねられたりした。住居侵入の参考人の供述調書を作成し、近くの開拓団地に足を伸ばした。ある農家に聞き込みに行ったところ、主人からいろいろの話を聞かされた。

「すいかの一つや二つ盗まれたって、駐在所に届ける人なんかいないんじゃないかね。盗む人は生活に困っているし、捕まった人に恨まれたんじゃやり切れないよ。届けて事情を聞かれれば仕事ができなくなってしまうし、犯人が捕まっても盗まれた物は返ってこないし、得になることは一つもないんだよ」

このように言われ、野荒らしが窃盗の罪になることは分かっても、重大には考えていないようだった。警戒をしても防ぐことができないし、被害額がわずかだったし、犯人が顔見知りの人ということもある。だれが犯人か見当がついていても警察に知らせないのは、騒ぎ立てて平穏な生活を乱したくないという考えがあるらしかった。

古森の坂をブレーキをかけながら降りると、ハンドルを握る手が痛くなってきた。あけびが実っていたので自転車を止めて口にし、からまつの林の中を抜けると狭い田んぼになっていた。ひえを束ねていたり、刈り取った草を背負って運んでいるお年寄りの姿を見たとき、給料取りはいいなあ、と言われたことを思い出した。

九月二十二日（土）曇

自転車に乗りながら険しい吾妻渓谷の美しい景色を眺め、連絡して出かけていったが参考人は不在であった。近所の人に聞いても行く先は分からず、他の町では知り合いもないため、しばらく待ったが戻ってこない。警察から事情を聞かれることを避けたがっていると、何かやましいことをしているからではないかと思いたくなる。

川原湯に戻ると正午になってしまい、夕刻まで干し物盗などの捜査をしたが、参考になる資料を得ることはできなかった。帰りは緩やかな上り坂になっており、走り回って疲れていたからペダルを踏む足が重くなっていた。

九月二十三日（日）晴

宇野浩二著の「子を貸し屋・山恋い・黒髪・別れた妻」を読んでいたとき、本署から呼び出された。北軽井沢の旅館で東京から疎開していたおばあさんが自殺したことを知らされ、捜査主任の検視の補助をすることにした。

自殺に見せかけた殺人ということもあり、慎重に死因を調べたり関係者から事情を聞くなどした。老人の世話をする方も、世話をされる老人だって大変なことであり、前途を悲観しての自殺と思われわれた。

九月二十四日（月）曇

秋分の日であり、読みかけの本の続きを読み終え、ラジオのスイッチを入れたが、試合は一方的なゲームになったので熱が入らなかった。

夜、廃業していた映画館で映画があり、『月の出船』と『羅生門』を見ていたとき本署から連絡があった。川原湯温泉で入り乱れてのけんかがあり、呼び出された署員とチャーターしたトラックで急いだ。入れ墨をした大きな男が、警察がなんだ、野郎を見つけてばらしてやるぞとたんかを切っていた。何人かの若者もそれぞれたんかを切っていたが、けんかの相手の姿は見られない。あちこち捜すと旅館の一室に隠れていた酔っぱらった男を見つけたが、口の付近を真っ赤にしていた。
この男は旅館の客であり、すれ違ったときに三人連れに因縁をつけられて殴られたという。三人のやくざ風の男は手に負えないほど酔っており、傷害の現行犯で逮捕すると一人はおとなしくなった。他の二人は激しく抵抗し、手錠をはずせと怒鳴ったり、悪態をついてつばを吐きかけるなどの抵抗をした。ようやくトラックに乗せて本署に戻ったが、酔っぱらっていたから取り調べは容易ではない。留置場に入れるときも激しく抵抗したが、酔いが覚めてきたのか、あきらめたのかやがておとなしくなった。

九月二十五日（火）雨

酔いが覚めたため取り調べに応じるようになり、私は傷害事件の裏付けのために川原湯温泉にいった。一人の酔っぱらいは以前にも暴れたことがあるというし、三十本のトックリを飲み干していた。酒を出さないと暴れるためほとほと困ったといい、酔っぱらって客に因縁をつけていたことも明らかになった。
署に戻ってから一人の被疑者の取り調べをしたが、酔っぱらっていたから何も覚えていないと言った。私には酔っぱらった経験がないため、酔っぱらったときの心理状態が分からない。相手の言うままに聞かざるを得なくなったが、関係者の供述と間違っていると指摘して追及することができた。

九月二十六日（水）雨

雨のためバスで原町まで行き、ぬかるみの県道を歩いて被害者を訪ねた。けんかになったいきさつなど尋ねると、被害者は三人いたことがはっきりした。いずれも近くに住んでいる友人であり、それぞれから事情を聞いたが微妙に異なっていた。六人が入り乱れてのけんかであり、だれに殴られてだれを殴ったかはっきりさせることができない。すれ違ったときに因縁をつけられ、殴られた事実だけは明らかにすることができた。時間に追われていたから詳しく聞くことはできず、三人から供述調書を作成したため丁寧に書いている時間的な余裕はなかった。

捜査書類は上司や署長が見るだけではなく、検察官が読むこともある。だれにも分かりやすく書くことは大事なことであるが、限られた時間内に要点をまとめるのは簡単ではなかった。文章がうまいとかまずいというより、肝心なのは事実をありのままに表現することであった。

九月二十七日（木）曇のち晴

出勤まで間があったのでスタンドのスイッチを入れ、布団の中で『たった一人の山』の続きを読んだ。停電になったので時計を見ると六時三十分であり、停電の知らせがあったことを思い出した。

傷害事件の捜査のために川原湯温泉に出かけ、偶然に学校の同級生に出会って懐かしさを覚えた。話していると考え方に大きな違いがあり、他人行儀のように振る舞ってしまった。

罰金が支払えない男に収監状が出ており、支払うことができないため警察に泣きついてきた。働きたくても働く場所もなく、親類や知人にも愛想をつかされて借りられないという。

いろいろと泣き言を聞かされたが、私には貸す余裕はなかったし、貸してよいかも分からなかった。このとき捜査主任が見え、知り合いの人を紹介して借りてやることにしてやったが、そのことが親切であったかどうか分からない。

九月二十八日（金）晴

快晴に恵まれ、小学校で大運動会が開かれることになった。警備のために小学校へ行くと、木陰に陣取っているグループがあるかと思うと、むしろの上にごちそうを並べている家族もあった。プログラムを見ると、大人と子どもが一緒に走る親子リレーなどがあり、盛りだくさんであった。見回りをしていると、片隅にいた露店商の前で泣きながらあめをねだっている幼い子どもがいた。分校からも生徒が見えており、ミス群馬の候補になった女性の姿もあった。

運動会が佳境に入っていたとき本署から呼び出され、急いで本署に戻ると、草津町署で詐欺犯人に逃げられたという。人相などが書かれて手配書を見て駅に急行し、張り込みをしていると、間もなく犯人が草津で逮捕された旨の連絡があった。

ふたたび小学校に行くと、今度は消防車のサイレンであり、火事場に向かう自動車に乗せてもらって現場に急行した。一時間ほどで鎮火したため、地元の消防団員を残して引き上げることができたが、煙が立ちこめている中から見た浅間山の景色は、いままで眺めていたのと趣を異にしていた。

九月二十九日（土）

O集落の製材所で用事を済ませて中学校に行こうとしたとき、事務員に呼び止められた。本署に電話すると、浅間山で心中未遂があって浅間牧場で保護されているから調べて欲しいという。折よく通りかかったトラックの運転手さんに事情を告げて乗せてもらい、北軽井沢までいった。牧場までかなりの距離があったため、知り合いから自転車を借りて急いだ。

男は三十二歳の元公務員で二か月前に離婚しており、いままでに再三の自殺未遂の経歴があることが分かった。女は二十七歳、無職であり、父親にいじめられて家を飛び出したという。男に心中する気があったかどうか明らかにできなかったが、女は死ぬ気がなかったという。帰るところがないというので二人を説得し、家族に引き取ってもらうことにした。

九月三十日（日）曇

浅間登山に刺激されてから山にあこがれるようになったが、刑事にはいろいろの制約があったから自由に行動することができない。公務以外に管轄外に出るときには他行の許可を受けなければならず、刑事はいつも所在を明らかにしておかなくてはならない。自由に山登りをすることもできなければ、映画を見ることもできない。そのために家にいて本を読むことが多く、山に関する本や旅行記などを読んで登山や旅行の気分を味わうことにした。

映画を見るのも楽しみになっており、午後は他行の許可を受けてバスで原町に行った。『天明太郎』と『戦場』の映画を見ることができたし、帰りに書店に立ち寄って書棚を眺めた。別荘に住んでいる野上弥生子著の『真知子』や米川正夫訳の『罪と罰』があったので五冊の本を購入した。

原町の議会では自治体警察の廃止を決めており、あすから国家地方警察に編入になるという。長野原町ではいまだはっきりせず、議会の動静が気になるところであった。

十月　若い署長とベテラン次席の確執

十月一日（月）晴

長野原町署にあっても人事異動があり、一人が国家地方警察に移って草津町署から古参の巡査がやってきた。私は警備係の兼務となったため、左翼や右翼や労働運動などの勉強をしなければならなくなった。労組の委員長とは囲碁を通じて親しくなっていたし、日教組の先生とは一緒に浅間登山をしていた。いままでは仕事を抜きにして付き合ってきたが、これからは視察の対象にしなくてはならない。

視察するのは好きではなかったが、命令とあれば引き受けざるを得なかった。世の中にたくさんの矛盾があることが分かっており、その矛盾に突き当たったとき、どのようにするかが試金石になってきた。

十月二日（火）晴

馬の競り市の警備を命ぜられたが、これは初めてのことであった。競売にかけられていたのは農耕馬であり、昨年の平均の相場が一万五千円だったという。ことしは二万円以上になるかもしれないというが、それは競りにかけられないと分からない。

何十頭もの子馬が親馬や飼い主から新たな飼い主に引き取られることになり、一頭ずつ円陣の中に連れられてきた。進行係の声によって開始されると、最初に一万円の声がかけられ、つぎつぎに競り上がっていった。馬の見方に肥えていると思える博労（ばくろう）でも値の付け方が異なっており、私には子馬のよしあしがまったく分からなかった。

世の中にはたくさんの職業があり、人間の生き方もさまざまであった。表彰されると立派な人であり、犯罪を犯すと悪い人のレッテルを張られがちになる。組織には長幼の序や階級の上下があったり、金持ちや貧乏人もいるが、それらは人格のバロメーターにはなっていない。競り市では博労によって値が付けられているが、国民は法の下では平等であり、人間の価値はだれがどのように決めるというのだろうか。

川原湯の駐在所から、S旅館でとばくが行なわれているとの報告があった。午後七時三十分発の列車で出かけると、数人が花札を使ってとばくをしていた。事情を聴いたところ遊びであることが分かり、取り調べの対象にすることができなかった。帰りの列車まで時間があったので散策し、久しぶりに夜の川原湯温泉の空気に触れることができた。

十月三日（水）晴のち曇

S中学校の運動会があり、北軽井沢行きのバスに乗って出かけた。中学校の裏庭に出ると田んぼが広がっており、涼しい風に当たりながら白根の山々を眺めた。署長や駐在さんらが来賓席に着くと競技が始まり、赤や白や緑の鉢巻きをした子どもが一生懸命走った。しばらくすると、ぽつりぽつりと雨が落ちてきたが中止されることはなく、署長は一足先に帰っていった。

競技が終了してバスで帰ろうとしたら超満員であり、本校の中学生と歩きながら一緒に帰ることにした。防犯に役立つかもしれないと思ってまじめな話をしたり、冗談を言って笑わせたりした。上り坂で重い荷物を積んだリヤカーを見ると、中学生は躊躇なく後を押していた。

署に戻ると町長さんが見えており、署長と何やら話し合っていた。後で分かったのは自治体警察の存廃の件であったが、内容について聞くことができなかった。

十月四日（木）晴

署長や次席が不在のとき道路使用許可願があり、急ぐというので署長代理として許可した。世の中には常識で通じることもあれば、厳格な法の執行が求められることもあり、これが越権行為であるかどうか分からない。

駐在所に立ち寄ると先輩は不在であり、お茶を頂きながら奥さんと雑談をすると、「Lさんはすでに部長さんになったし、同期で警部補になった人もいるんですよ。うちの人は頭が悪いから試験には受からないし、主人がいないときには電話や人の応対もしなければならないんです。偉い人の奥さんは幸せだし、主人が内勤や刑事さんになれば少しは楽ができると思うんですが」とぼやいていた。

刑事になって、さまざまな話を聞くようになった。立身出世や財を成すことが幸福だと思っている者がいるが、それが幸福のバロメーターとなっていないことが分かってきた。

何となく気が重かったため、勤務が終えてからパチンコをした。あっという間に四十円を使ってしまい、この金で本を買えばよかったと思ってしまった。どんなに悔いても行なわれたことは取り消すことができず、人生に無駄があってもいいのではないかと思い直した。

十月五日（金）晴

発電所で執行部改選の大会があり、署長に命ぜられて傍聴することにした。何人も顔見知りの人がおり、用件を聞かれたが正直に話すことができない。さまざまな意見があったが、理論が正しくても実践が難しいと思えるものもあった。レッドパージが行なわれてから過激な発言が少なくなったといわれており、静かな大会に終始していた。

保線区に勤務している技師が、鉄塔に上って感電死したので急行した。その場所は長野原町に接近していたが嬬恋村であり、原因の調査などは国家地方警察ですることになった。どうして技師が感電死したのか分からないが、人間は仕事に慣れてくると注意力に欠ける嫌いがある。世の中には安全と危険が隣り合わせになっている仕事は少なくなく、注意を欠かすと命を失うことになりかねない。

十月六日（土）晴

臨時招集があり、入校中の者を除いて九名が参加した。臨時招集の案件になっていたのは、応桑駐在所を新設して一名増員するというものであった。署長が全員の意見を聞いて公安委員会にはかるというものであったが、発言する者はだれもいなかった。指名されるといやいやながら発言していたが、当たり障りのないものばかりであった。

指名された私はありのままに話すことにし、警察署の存廃がはっきりしないのに駐在所の増設を議論しても無意味ではないですかと言った。酔っぱらった署長から、お前ほど使いにくいやつはいないやと言われたこともあり、嫌われているのは分かっていた。

署長が自治体警察の存廃をどのように考えているか分からないが、すでに廃止を決めたところもある。応桑駐在所を新設するかどうかは署長にとって重大なことかもしれないが、もっと大局的な見地で判断してもらいたい。

十月七日（日）晴

親しくしていた同期生が巡査部長に昇進し、国家地方警察西吾妻署に赴任してきた。言葉遣いや態度も変わることなく、囲碁をやるというので碁盤と碁石を持って出かけ、碁を打ちながらさまざまな話をすることができた。たくさんの本を持っていることが分かり、読みたい本がいくつかあったので借りることができた。

十月八日（月）晴

書店から取り寄せてあった全集が未払いになっており、気づいたので支払った。

霜に見舞われるようになり、山の木々も紅葉してきた。浅間や白根に初雪があったといい、寒い季節を迎えることになった。自転車に乗って捜査に出かけると手が冷たくなり、手袋をしたくなった。聞き込みに行ってさまざまな話を聞くことができたが、きょうは戦後の教育問題であった。

学校の秩序が乱れるようになったのは、先生が日教組に入っているため威厳がなくなったからだと言った。警察にも矛先が向けられ、おとなし過ぎるから、もっと威張らなければならないと言った。戦前の教育を受けている者には、このように考えている人は少なくないが、個人の考えであったから非難する気にはなれなかった。

十月九日（火）小雨のち曇

川原湯駅前の事務所の窓ガラスが破壊され、被害者から届け出があった。雨が降っていたので列車で出かけたが、盗まれたのは二足の靴下だけであった。所長さんは現金が盗まれなかったのを不思議に思っていたが、見つからなかったということもある。

従業員の仕業と思っているらしかったが、決めつける資料はまったくない。事務所荒らしとして捜査することにし、付近の聞き込みをしたり、旅館に不審者が泊まっていたかどうか調べることにした。

不審に思われた宿泊中のお客さんの話を聞くと、気分を壊したらしく反発されてしまった。いくら説明しても納得してもらえず、頭から否定されてしまったが、お互いに立場が異なっており、意見がかみ合わないのも致し方のないことだった。捨て鉢のように刑事は嫌いだと言われてしまったが、はっきりと警察批判をする態度に好感が持てた。

十月十日（水）晴

Ｋ集落で土蔵破りの被害があり、北軽井沢の駐在所から報告があった。先輩と自転車で出かけたが、現場に着くまで二時間ほどかかった。被害者は集落でも一番の大尽といわれており、被害にあったのは一か月ほど前からであったが、土蔵にはかぎはかけてなかったという。被害品は二階のタンスの衣類であり、タバコの吸い殻とマッチの軸があった。指紋はどこからも採取されず、風雨にさらされていたらしく足跡はどこにも見られない。屋敷の隅に乾いた脱糞があり、それらを資料として犯人を追うことにした。

農繁期のために留守にしている家が多く、手伝いながらの聞き込みとなった。どこの家でもかぎをかけていないために理由を聞くと、知らない人はめったにやってこないし、気心の知れた人ばかりだからかぎの必要がないという。

聞き込みからは何も得ることができず、脱糞やタバコやマッチの軸について調べることにした。各地の農家が土蔵破りの被害にあっており、盗まれたのはほとんどが衣類であった。手口から犯罪歴のある者をリストアップすることにしたが、その捜査も容易ではない。

署に戻ると北軽井沢駐在所から電話があり、あす別荘の被害者が見えることになったと伝えてきた。

十月十一日（木）晴

自転車で出かけて駐在さんと別荘に行ったが、留守にしていたためにガラス戸は破られたままになっていた。清楚な建物の中に入ると家具や調度品は高価と思えるものばかりであり、四十五歳ぐらいの女性の話を聞いた。夫は大学の教授であるがアメリカに出張中だといい、被害に遭ったのは寝具類だという。

実況見分をして指紋の採取をしたり、被害書類の作成などしていると正午近くになってしまった。帰ろうとすると呼び止められ、私がつくった料理はおいしいから食べていきませんかと言われてしまった。気難しいと思っていたのに、このように気安く言われて断わることができず、西洋風の珍しい料理を頂いてしまった。

犯人が貨物自動車を使用していると思われたが、被害にあってから日時が経過していたから聞き込みも容易ではない。あちこちと聞き込みをし、庭に咲いている美しい葉牡丹を見ることができたし、高原の美しい夕焼けに見入ることもできた。

十月十二日（金）晴

またもや北軽井沢駐在所からの電話であり、避雷針が盗まれたという。自転車を押しながら古森の坂を上り、広々とした浅間高原に出ると、すでに紅葉に彩られていた。ここからはなだらかになっており、すすきや雑草の中で女王のように輝いているりんどうを見ることができた。赤や黄色の木々に囲われた別荘には人影が見られなくなっており、被害にあった山荘にいった。被害者の話を聞いたり実況見分をし、空き巣事件と合わせながら捜査することにした。

ある家に聞き込みにいくと、四十歳ぐらいの体の弱そうな女性がいた。警察官であることを告げると、ヤミ屋さんと間違えてしまったと言って笑い出した。そんなことがあったためざっくばらんに話し、おもしろい話を聞かせてもらった。

窃盗の手口はそれぞれが異なっているし、犯人は常習者もいれば出来心という者もいる。いずれも捕まらないようにしており、捕まえようとしている刑事の戦いみたいなところがあった。犯人は自由に法を犯すことも、どこに逃げることもできるが、刑事は法令を守らなければならず、努力すれば報われるというものではなかった。

十月十三日（土）晴

午前中は土蔵破りや空き巣事件の捜査をすることができたが、午後からは当直勤務となった。昼間は何事もなかったが、夜になるとへべれけに酔った公安委員が土足のままやってきて、おい、水をくれと言った。コップの水を差し出すと、どうしておれにあいさつができないんだと絡んできた。お前は生意気だぞ、出世したかったらだれにも好かれるようにするんだなと言った。お説教に耐え難くなり、しらふのときに話してくれませんかと言うと激怒し、署長に言いつけて首にしてやるぞと捨てぜりふをした。

この公安委員は正気のときと酔っぱらったときの落差が大きく、どれほど覚えているか分からない。

十月十四日（日）小雨

未明のけたたましいサイレンで目を覚まし、時計を見ると四時三十分であった。消火訓練と思っていると、しきりに問い合わせの電話があったが、何があったのかまったく分からない。やがて川原湯温泉の火災と分かったが、一人だけの当直であったから電話の応対に大わらわであった。紅葉の季節であり、たくさんの宿泊客が予想されていたため安否が気になった。

駐在さんの報告によると、火元はY旅館であって隣接する旅館が半焼したが死者はないという。川原湯温泉は旅館が密集していたし、道路も狭いから消火に不便をきたしているものと思われた。いろいろと想像を巡らせたが、もどかしい気持ちになるだけであった。

消火活動が済んで実況見分することになり、勤務を交代してから補助することになった。初めて火災現場に行ったが、三階の木造家屋は無残な姿になっており、狭いと思っていた道路が広く見えた。焼け出された旅館の人たちを見舞ったが、かける言葉がみつからない。たくさんの人が焼け跡を眺めていたが、人混みの中から「一夜こじき」という声がした。振り向くと素封家といわれているKさんであり、世間からは立派な人と言われていたが心が貧しいのではないかと思った。

原因の調査が始まって第一発見者から事情を聞くと、火元は炊事場の付近に間違いないという。実況見分をして、火元が台所の付近に間違いないものと思われたが、原因は分からない。関係者から事情を聞いたところ、炉の残り火は完全に片付けていたといい、タバコの吸殻や漏電の可能性はいたって少ない。

十月十五日（月）雨のち曇

大火があって雨が降っていたため、客はまばらであった。現場近くに設けられた対策本部で数人の老人が話し合っており、私はポケットからわずかな金を取り出して見舞金として差し出した。

ふたたびおかみさんの話を聞いたが、炉の残り火は完全に片付けておいたという。炉の過熱以外の原因を見つけることもできないし、断定できる資料は何一つない。いずれにしても火災原因を明らかにしなければならないが、過失がなければ罰することはできない。

十月十六日（火）晴

目覚まし時計を五時にセットしたが鳴らず、ぜんまいを巻いていなかったことに気づいた。始発列車に乗ることができたため、防犯連絡会議に間に合うことが分かり、車内でアテネ文庫の『ニーチェ』を読んだ。高崎駅で大勢の人が降りたが、その人たちは上野神社の祭典が許されたため招待された遺族であった。

長野原ではセーターを身につけていたが、暖かさのために脱ぎたくなるほどだった。定刻に南群馬地区警察署の会場で始まり、防犯課長の話を聞いて防犯に対する認識を新たにさせられた。十一時ごろ二個のまんじゅうが出され、午前中の講義が終わると昼には弁当と果物が配られた。

午後は防犯関係の法規の説明や補導のあり方などが中心になっており、その後が座談会となった。さまざまな意見が飛び出しており、講義より実りの多いものになっていた。

会議は午後四時に終了し、長野原線の最終列車まで間があった。高崎の映画館で『西部の怒り』を見てから列車に乗り、新前橋の駅を過ぎたとき花火が打ち上げられる音が聞こえた。車窓から東の空に打ち上げられ花火は、満月のような月を背景にして美しく見えた。

十月十七日（水）晴

ふたたび炉を中心とした調査になったが、焼け跡を整理している家族たちを見ると気の毒になってしまった。関係者には漏電ではないかと言い出した人もいたが、これはまったく根拠のないものであった。捜査主任の推定は、炉を長時間使用し続けたため、耐火レンガを通して床の板に燃え移ったというものであった。たとえそれが事実であったとしても、証明することができなければ説得力がない。

近所の人たちは暗くなるまで焼け跡の整理をしていたが、用具がなかったり、作業に慣れないためか難儀しているようだった。ふだんはどのようお付き合いをしているか分からないが、困ったときにはお互いに助け合うらしかった。

十月十八日（木）晴

けさの新聞に電産の事務ストの記事があり、その状況を調査するために発電所に行った。開始まで間があったので通りがかりに小学校に立ち寄ると、一緒に浅間山に登った女の先生から話しかけられた。ＰＴＡから生徒のことで難題を持ちかけられることもあり、その対応に困っていると言った。

物品の製造や流通に携わっているのとは異なり、人を相手にしている職業の難しさはよく分かっていた。警察官は不特定の人を相手にしているため、それぞれの場面に応じて総合的に判断して適切に処理しなければならなかった。

囲碁友達の労組の委員長を訪ね、発電所の施設が見たいというと案内してくれた。高いところから水が流れている太い管があったが、それは上流の発電所で使用した水が地下の水路を通って流れてきたものだという。発電所でもっとも困るのは水不足だというが、これは発電所に限られたことではない。委員長に用件を告げることはしなかったが、察知していたらしく何も言わなかった。

十月十九日（金）晴

火災原因の調査はなおも続いており、捜査主任のおかみさんの事情聴取に立ち会った。連日のように取り調べを受けていたため、そんなにめんどうなら警察の都合のいいようにしてくださいよと言い出した。早く解決しようと思えばそれで済むかもしれないが、原因の調査は警察のためにするものではなかった。関係者から事情を聞くと、いつまでも警察には迷惑をかけては悪いとみんなで相談していたことが分かった。どんなにつじつまを合わせても真実になるものではなく、取り調べはこう着状態になってしまった。

夜、国家地方警察の同僚を訪ねると、巡査部長に昇任していた先輩が見えていたので話し合った。「深沢君はいろいろ理屈をつけているけれど、おれには納得することができないんだよ。たくさんの本を読んでいるようだが、どうして昇任試験を受けないのか分からないいんだ」と言われた。個人のことに干渉してもらいたくなかったが、まじめに話していたので反論する気にはなれずにすべて聞き流してしまった。

十月二十日（土）曇

臨時招集になったが、一つは職員の採用の件であり、もう一つは署内の融和がテーマとなっていた。署長はみんなに意見を求めたが、職員の採用については署長が決めればよいことであった。署内の融和については意見があっても仲違いになるおそれがあり、発言するものはだれもいなかった。

午後の公安委員会で署員の融和について報告がなされたらしいが、その内容を知ることはできなかった。

十月二十一日（日）曇

群像の十一号に「手紙文章」があり、結婚問題についていろいろ語られていた。結婚にいたる過程には見合いもあれば恋愛もあるが、それぞれに一長一短がある。恋をしているときには相手のよいところばかり目につくが、結婚すると生地が出るために幻滅を感じたりする。見合の場合はどのような相手か分からないため、仲人の人柄を信用して任せるほかはないとあった。

どちらにしても運と不運がつきまとっており、そのときになって最善の道を選ぶほかないのではないかと思った。

十月二十二日（月）曇のち雨

北軽井沢の有力者の働きかけによって自動車運転の筆記試験が行なわれ、それに立ち会うことになった。道路も落葉で埋め尽くされて秋の終わりを告げており、農家の人たちにとっては稲刈りなど忙しい季節であった。ぽつりぽつりと雨が落ちており、事のほか寒いから浅間山も雪に見舞われるかもしれない。

会場に集まったのは数名の受験者であり、事務所の女性は手持ちぶさたらしかったが、机の上には長塚節著の『土』が置かれていた。全員にショートアンサーの問題が手渡され、てこずっているらしく頭を抱えながら取り組んでいた者もいた。筆記試験が終わるとその場で採点がなされ、全員に合格が知らされた。

有力者に招待されて関係者が集まっての酒宴となり、杯を渡されて酒が注がれたが知っている人は一人もいない。断りたいと思ったが断り切れず、飲みたくない酒を口にすると顔がほてってきた。早めに中座して温かくなった頬を小雨に濡らし、冷たい風にさらされながら旅館に行った。

十月二十三日（火）雨

旅館で朝食をしていたとき本署から電話があり、前橋の義兄に連絡するように伝えてきた。何か異変があったと思って電話すると、父親が胃がんのために日赤病院に入院したとの知らせであった。大きなショックにならなかったのは、さまざまな死に遭遇していたからかもしれない。おかみさんに電話を聞かれたらしく、私は若いときに夫に死なれて三人の子どもを育ててきたのですよと慰められ、その心遣いがありがたかった。すぐに飛んで行きたかったが、仕事が大事だ言っていた父の言葉を思い出し、休暇を取って行くことにした。

父親の病気のことが気になって仕事に熱が入らず、雨が降っていても雨具はなかった。駐在所に行って傘を借りての聞き込みをしたが、いつもと違うことを駐在さんに指摘された。

十月二十四日（水）晴

すでに父親は死んでおり、列車に乗り遅れて死に目に会うこともできず、目を覚ますと二時五十分であった。夢と分かってほっとしたものの、現実となることは間違いなかった。列車に乗ったが、いろいろのことが脳裏に浮かんで落ち着かず、妙なさみしさに襲われるだけであった。何一つ親孝行らしいことができなかったことを悔いたが、ここにいたってはどうすることもできない。

みんなで病室に入ると、父親の枕元には見舞いの品が並んでいた。父親と話をしたが比較的元気なのでほっとさせられ、食堂から取り寄せて父親を交えてみんなで会食をした。発案したのが父親と知り、その気遣いに胸を打たれてしまった。

午後になるとたくさんの見舞客があったため、狭い病室に入れ切れなくなった。映画を見たくなり、『落日の決闘』の看板を見て吸い込まれるように入った。このごろ好んで西部劇を見るようになったが、保安官と警察官の仕事に共通したものがあるからかもしれない。

十月二十五日（木）曇

休暇を取ってあったのできょうも病院に行くと、親類の人たちが見えていた。何年か振りで会うことができたので懐かしかったが、じっくりと話すことができなかった。父親と二人だけになると話がとぎれとぎれになり、思っていたことも口にすることができなかった。気になっていたのは、父親が「がん」であることを知っているかどうかであった。数人の見舞客が見えたため病院を後にし、県の防犯少年課の用事を済ませた。

帰りの列車まで時間があったため、『高原の駅よ　さようなら』を見ることができた。ロケ地が浅間高原になっており、スクリーンいっぱいに美しい景色が広がり、すすきや白樺が手に届くようにはっきり映し出されていた。画面と現実のはざまに立たされているような気分になり、しばし映画に浸ることができた。

十月二十六日（金）晴

秋も過ぎて冬を思わせるような寒さであり、山や畑からも緑は消えて、道路も枯れ葉に埋め尽くされるようになった。甘いのか渋いのか分からないが、鈴なりになった柿の木を眺めるのも楽しいものであった。長野原町にやってきて五度目の秋を迎えたが、なぜかこの季節が一番好きだった。

川原湯温泉に行ったが、大火があってから客が少なくなって廃業を決めた旅館もあるという。商店も大きな打撃を受けて悲嘆にくれていたが、復興を目指して頑張っている者もいた。このような事態になっても依然として続いていたのは、お湯の権利をめぐるトラブルであって解決のめどはついていない。

焼け跡に三軒の旅館の小屋が建てられ、仮の住まいにして再建の準備をしているらしかった。二つの飲食店は立ち退きを迫られているというし、旅館も経営者が変わるなどしており、将来に不安を感じている人が多いらしかった。

十月二十七日（土）曇
またもや別荘で盗難があったが、いつか分からないため駐在さんに任せることにした。

草津の写真屋さんがカメラを持って見え、備品として購入することになった。いままでは私の個人のカメラを利用していたが、その必要がなくなった。コニカを買う予定になっていたが、持参してきたのはマニアシックスであった。引き延ばし機や付属品を揃えて五万円ほどだといい、署長の決済を得て買うことができた。

国体の予選と決勝があり、天皇陛下と皇后陛下がご臨席なされているという。さまざまな競技で熱戦が展開されていたが、郷土のホープとしてやり投げに出場した女子選手は放送されることはなかった。

イギリスの選挙は保守と革新の競り合いとなっているが、日本の政党にあっては革新が分裂して力を弱めている。

十月二十八日（日）曇のち雨
曇っていたが衣類の洗濯を済ませ、思いついたように病院に行くことにした。列車の中でアテネ文庫の木村亀二著の『死刑論』を読んで感銘を受け、犯罪と刑罰について考えさせられた。

凶暴性のある人間を隔離するのが目的であれば死刑にする必要はなく、見せしめのために死刑があるように思えた。世の中はさまざまな矛盾を抱えており、それを規正するために統制が必要になるが、そのために自由が制限されることになる。

病室に入ったが話しかける言葉も見つからず、かすれたような声にうなずくだけだった。見舞い客があったので二時間ほどで病室を後にし、パチンコ店で二十円を使ってから書店に入った。創元文庫の小林秀雄著の『ドストエフスキーの生活』が目につき、定価を見ると八十円であった。パチンコは単なる気休めに過ぎず、読書からは生きるために必要な知識を得ることができた。

帰りの列車内で顔見知りの仕切り屋さんと出会い、いろいろと話し合うことができた。彼には彼の意見があり、私には私の意見があったが、一種の信念を持っていることに感心させられた。

十月二十九日（月）雨

各集落で青年団主催の防犯座談会を開くことになったため、どのようにするのがよいか考えた。犯罪統計のグラフをつくったが思いのほか難しく、紙芝居は宿直しながら何回も台本の練習をした。子どものときは見る立場であったが、やる立場になったために気が重くなった。どんなに練習をしてもうまくいかず、実用に供することができるかどうか分からなくなった。

十月三十日（火）曇

朝の六時に起きてラジオに合わせて体操を終えたとき、吾妻山荘で恐喝事件が発生したので呼び出された。被害者は顔見知りの先生であり、酔っぱらってきた嬬恋の男に出刃包丁で脅されたという。開拓団の方に逃げたというので駐在さんと追ったが見つからず、開拓団の人たちを訪ねて聞き込みをした。

狭い部屋に数人の家族が暮らしており、床にはむしろが敷かれて穀類がたくさん部屋に積まれている家もあった。どの家も住宅と作業場が一緒のようになっており、生活が貧しいらしかった。

主人の話によると、満州では豪華な暮らしをすることができたが、いまはこの有様なんです、とさみしそうに話した。貧しい生活をしていた人が努力して財を成す人もいれば、財を成していたが貧しい暮らしを余儀なくされる人もいる。人の生き方は環境に大きく左右される傾向があるが、環境を変える気概も必要なのではないか。父親のようなお年寄りから弱音を聞かされたが、黙っていられなくなって持論を話してしまった。

十月三十一日（水）晴

快晴であったが、けさの寒さはひとしおであった。臨時招集は九時から始まったが、どのような行事なのか署員には知らされていなかった。署員の融和という題で署長が訓示をしたが、これは前回と同じようなものであった。だれも署員の融和を図ることに異論はなかったが、若い署長とベテランの次席に確執があったから簡単なことではなかった。

午後には猟友会の会合があり、猟期に入っていたため署長が事故防止の話をしてから酒宴となった。猟友会の人が熊を仕留めたというので見に行ったが、熊の爪は容易に人が殺せるほど鋭いものであった。熊の肉は苦くて固いためにうまくはないが、毛皮は敷物などに利用できるし、胆嚢は漢方薬になるため高価で売れるという。

十一月　多発する窃盗事件

十一月一日（木）晴

今夜はK集落の座談会であり、グラフをつくっていたときに駐在さんが二人の男を連れてきた。温泉の焼け跡からくず鉄を拾ったものであり、取り調べている間がないために始末書を書かせるにとどめた。

座談会は午後六時に始まる予定であったが、いつになっても人が集まらない。ようやく七時から始められ一時間も待たされた者もいたが、参加してもらいたいと思った若者の姿はなかった。署長の話は堅苦しいものであり、私も簡単な話をしてから座談会となったが、発言する者はいたって少なかった。本や映画から得た知識の受け売りみたいな話をすると、熱心に耳を傾けてくれた者もいた。座談会の効果がどれほどあったか分からないが、やらないよりやった方がよいと思った。

十一月二日（金）雨

朝から雪のように冷たい雨が降っており、北軽井沢行きのバスもあえぎあえぎ古森の坂をのぼった。吾妻の停留所で降りると強い風に吹きつけられ、厚着をしていたが震えを覚えた。

商店主から詐欺の参考人として事情を聞いたが、ややっこしいだけでなく商用のためにときどき中断していた。供述調書にするのも容易ではなく、読んだ者にどれほど理解できるかも分からない。降り続いた雨のために田んぼには人の姿は見られなかったが、気になっていた停電はなかった。

あすが祝日であり、明後日が日曜日で二日続きの休みであったが、当直の割り当てがなかったため病気見舞いに行くことにした。

十一月三日（土）晴のち夕立

アテネ文庫は三十円で買うことができたし、薄かったが内容が充実しているものが多かった。高坂彰顕著の『実存哲学』を読んだが難しく、前橋に着くまでに繰り返し読んでしまった。

病室に入って元気そうな顔を見てほっとしたが、助かることを期待することはできなかった。六歳のときに病死した母親の面影は薄かったが、父親からは厳しくしつけられ、弟をいじめて土蔵に閉じ込められたこともあり、頑固者の父親に親しみを覚えたことはなかった。

ベッドに横たわっている父親を見て切ない思いにさせられたが、どうすることもできないもどかしさを感じた。私も頑固さを引き継いでいるらしく、父親の意見に反対したこともあったが、父親は理解していたのではないか。

不謹慎ととられるかもしれないが、映画館に入って『情婦マノン』と『オルフェ』を見た。どちらもフランス映画であり、生と死の間をさまよって必死に生きようとする内容であった。父親の病気と重ね合わせて見てしまったため、胸が締め付けられるような思いにさせられた。

夕方になると恐ろしいような入道雲が榛名山の方からやってきたかと思うと、またたく間に強い風とともに激しい雨となった。雨がやんで暗くなってから表に出ると、星が一面に輝いていて、さまざまな星座を見ることができた。だんだんとセンチメンタルな気持ちにさせられたが、父親の病気とは無関係ではなさそうだ。

十一月四日（日）晴

日本晴れのような快晴であり、空には太陽しか見ることができなかった。彼方にはたくさんの星が存在しているが、それは晴れた夜にならなければ見ることはできない。人は見ることには反応することができるが、世の中には見ることも聞くこともできないことがあるが、それに気づかないことが多い。

今夜はH集落の座談会になっていたため、午前中に実家を出て病院に直行した。病室では父親の途切れ途切れの話に耳を傾け、ときどき話しかけたが通じたかどうか分からない。見舞の客が見えたので病室を後にし、天然色の『潜行決死隊』を見たが戦争の醜さはどこにもなかった。美しく海が描かれているのを見たとき、沖縄の慶良間の海を連想したが、戦争がどんなに美しく描かれていようとも悪であることに変わりはない。

座談会も遅れが予想されていたが、それを前提にすることはできない。人権擁護委員とか公安委員も見えており、それらの人のあいさつを終えると署長の話になった。同年代のような人を前にして話をするのは面映ゆかったが、防犯活動の重要なことを力説した。

座談会になるとさまざまな意見が飛び出し、有意義なものになった。

十一月五日（月）晴

Y集落の座談会は、午後三時から神社の社務所で開かれることになっていた。傾いていた弁天橋がすでに取り除かれており、低いところに仮の橋が架けられていた。自転車を担いで降りると両側のガケに圧倒され、手が届くほどのところにきれいな水が流れていた。何度も眺めていた場所であったが、角度を変えて眺めたときに詩的な美しさを感じた。

座談会は四時過ぎに開かれたが、署長が参加しなかったから堅苦しいものにならなかった。グラフを示して犯罪状況の説明をし、すぐに座談会となったが盛り上がりに欠けていた。お互いに慣れていないためかもしれず、雰囲気をやわらげるために冗談を言うと、気分がほぐれたらしかった。発言する者が出るとつられるように発言する者がおり、だんだんと活発になっていった。

地元の公安委員に招かれ、奥さんが出してくれた手打ちそばには田舎の香りがいっぱい詰まっていた。「いぐさ」といわれるごまあえを出されたが、初めて口にすることができた。懐中電灯を照らして冷たい川風に当たり、夜の弁天橋を渡ると昼間とは趣が異なっていたのでしばし足を止めた。

十一月六日（火）晴

寒いと思っていたら一面に霜が下りており、冬の季節がやってきたことを実感した。公安委員会が開かれていたが、三人の意見が異なっているため、解決できるかどうか分からない。長いものには巻かれろという気風があるが、どんぐりの背比べみたいになっていたから、まとめる力のある者がいなかった。

列車に乗って読みかけの小林秀雄著の『私小説論』を開いた。生きるためにどれほど役立つか分からないが、いまは読みたい本を読んでいるだけであった。

川原湯温泉はいまだ復興のめどが立たないらしく、悲嘆にくれている姿が見られた。裸で生まれたのだから、裸になったつもりになればいいじゃないかと思ったが、だれにも当てはまることではない。一方では復興を目指している者がいたが、他方では共同風呂をつくるトラブルが続いて復興の妨げになっていた。

十一月七日（水）晴のち雨

北軽井沢まで行くトラックに乗せてもらい、別荘の空き巣事件の捜査をした。空は羽毛のような薄雲に覆われ、ススキは冷たい風になびいており、浅間山には白い噴煙がたなびいていた。

窃盗事件の聞き込みをしていると、三か月ほど前に空き巣の被害に遭った者がいた。被害の届け出をしなかった理由を尋ねると、かぎをかけずに留守にしていたから叱られると思ったという。いまだ警察を怖がっている人がいることを知ったが、責める気にはなれなかった。

美しかった朝の空も午後になると厚い雲に覆われ、この分だと天気予報より早めに雨になるかもしれない。時間が経過すると人の記憶も薄れてしまうし、いつまでも犯人が検挙にならないと非難されかねない。どのような理由があろうとも、被害者に報いるのは犯人を検挙して被害を回収することであったが、捜査に専従することができない。

北軽井沢に小さな書店があったので立ち寄ると、ゲーテの『ファースト』の一部と二部があった。いつ読めるか分からないが、とにかく購入することにした。風が一段と強くなって砂塵を巻き上げており、トラックに追い越されたが九十九折（つづらおり）になった古森の坂で追いついた。読書会員のところに立ち寄って話をし、収穫したばかりのキャベツを頂いた。

十一月八日（木）晴のち曇

秋の空は変わりやすいといわれているが、晴れていた空がいつの間にか曇ってまた晴れてきた。冷たい風に当たって凍えるような手でハンドルを握り、いつものように古森の坂を上った。S中学校には顔見知りの先生がおり、ぶら下げていたけん銃が珍しいらしく生徒が集まってきた。写真に凝っていた先生がいたためカメラ談義となり、いままで気づかなかった多くのことを知ることができた。

今晩の座談会は、この地区の青年会場で午後八時から行なわれる予定になっていた。定刻には始まらなかったため、早めにやってきた人たちとおしゃべりをした。遅れてやってきた人とどちらが熱心かということだけでなく、人柄も分かるようになった。立派な話をしようとするより、ふざけたような話の方が興味を持たれることが分かり、話し方に工夫を凝らすようになった。

十一月九日（金）晴

自転車で北軽井沢に行く途中、道端で座っていた男を職務質問した。顔見知りの党員であったし、私を信用したのか党内事情についてさまざまな話をしてくれた。これから党のビラを配りに回るところだといい、党活動のために家族の生活が犠牲になっていることを知った。これは政党に限られたことではなく、多くの組織に見られる現象であった。組織にはさまざまな規定があり、はみ出した行為をすれば疎外されるのは明らかであり、そのために自由が制限されることになる。

窃盗事件はつぎつぎと発生しており、過去の事件と合わせながら捜査を続けた。犯人が検挙にならないと未決の事件は増えるばかりであり、治安にも影響するため粘り強い捜査が求められていた。アース線の犯人を逮捕したものの一部しか解決することができず、これも他の犯人を捜し続けなければならなかった。

今晩も座談会があり、地元の公安委員に招かれて夕食を済ませてから公会堂へ行った。すでに十人ほど集まっており、始まるまで時間があったので雑談をした。初めは敬遠していた人も冗談をいうと打ち解けるようになり、お互いにざっくばらんに話ができるようになった。

ところが座談会になるとかしこまってしまい、雑談の方が効果があると思った。この地区には別荘があって夏にはキャンプにやっている若者が多いためか、他の地区と違いがあることも分かった。
　翌日も北軽井沢で捜査する必要があったため、またもや旅館に泊めてもらうことにした。

十一月十日（土）晴

旅館のおかみさんから宿代を踏み倒された話を聞かされたが、特別に便宜を図ってやろうとは思わない。話を聞くとあちこちで踏み倒しているらしく、公務員を名乗っているという。偽名ということも考えられたし、宿泊代金が未払いになっていることは確かであり、詐欺の疑いが皆無でなかったため捜査することにした。
　連夜の座談会であったし、土曜日であったから午後は休むことができた。野球の全日本と米選抜軍の実況放送を聞いたが、ワンサイドのゲームにはならずに日本の惜敗で終了した。評論家はさまざまな論評をしていたが、天気予報みたいに当たりはずれがみられた。

十一月十一日（日）晴

目を覚ましたのが九時半であり、床から出たのは十時過ぎであった。朝飯とも昼飯ともつかない食事をし、奥さんから郵送されてきた米川正夫訳の『トルストイの文学』を読んだ。トルストイの偉大な力と魅惑は長い生涯を通じたものであり、ロシアの国民性の特質をくまなく反映させたものであった。「戦争と平和」や「アンナ・カレーニナ」などにも触れていて、いろいろな苦難を乗り越えており、経験が糧になっていることを知った。

私は戦争や捕虜生活だけでなく、巡査になってからもさまざまな経験をしている。知識は読書や人の話を聞くなどして習得することができるが、世の中には経験しなければ分からないことが少なくない。教えられることはないと思っていた犯人からは貴重な体験を聞かせてもらい、反面教師とすることができた。

偶然なことから、お茶とお花の先生の話を聞いた。生け花やお茶にはそれぞれに作法があり、すべて調和がとれたものでなくてはならない。写真には共通点がないと思っていたが、一枚の写真を仕上げるのに撮影から現像や焼き付けなどの工程を経なくてはならない。人間の生き方も、生け花やお茶や写真などに似ている気にさせられたが、これは私の思い過ごしかもしれない。

十一月十二日（月）曇

手相を見るという中年の占い師が警察にやってきた。さまざまな占いのあることは知っていたが、手相を占ってもらうのは初めてであった。天眼鏡で右手を見て、生命線は長くて途切れていないから長生きできると言った。感情線や頭脳線については指摘されるところはなく、運命線ははっきりしていないから分からないという。「当たるも八卦当たらぬも八卦」といわれているし、占い師の話にも理解しがたいことがあった。

捜査に出かけたときパンと牛乳を買って昼食にすることにし、労組間の争いがあったので発電所に行った。どうして労組間で争っているか疑問であったが、それは勢力争いみたいなものであった。どこの社会にも縄張り根性みたいなものがあるが、言い争いをしていたのではよい知恵は生まれない。お互いに相手の立場に立って考えるようにしたら、うまい解決方法が見いだせるのではないか。

夜はH地区の座談会であったが、十数人の男女が集まっただけであった。人数が少ないことは決してマイナスにはならず、一人一人から活発な意見が出されていた。

十一月十三日（火）晴

北軽井沢に向かうとき農協に立ち寄ったが、物価が値上がりしていたが安く売られていた。Gペンを少しずつ買っていたが、使い終えるかどうか分からないが一箱買ってしまった。大勢の職員から話を聞くことができたし、一休みすることもできたので好都合だった。

あちこち巡って開拓農協に行ったとき、顔なじみになった職員から話を聞くことができた。別荘の人たちの生活と大きく異なっているが、みんな開拓魂で頑張っているんですよと言った。別荘の人たちと開拓団の人たちの生き方は異なっているが、世の中の役に立ちたいという気持ちには変わりはないのではないか。

別荘内は広くて同じような風景になっており、自転車で走り回っているうちに道に迷ってしまった。人が住んでいる別荘が少ないために尋ねることはできず、浅間山を目標に動き回って浅間牧場に出たのでほっとした。

十一月十四日（水）晴

きのうに引き続いて北軽井沢に行くことにし、遠回りであったが座談会の打ち合わせのためY集落を巡ることにした。責任者が不在だったため、狭い凸凹の道を自転車を押しながら歩くと、葬儀に行くお年寄りと出会った。さまざまなことを話し合いながら一時間ほど歩くと、旧知の間柄のような気にさせられた。

あちこち聞き込みをしたが、午後八時から十二時まで駐在さんと別荘内の警らをした。明かりの見える別荘はいたって少なく、米川正夫先生の別荘に立ち寄ると先生が見えていた。送られた本のお礼を言ったところ、奥さんが先生に対し、このお巡りさんは沖縄の勇士なんですと紹介した。そのためにふたたび戦争やアメリカ軍の捕虜になったときの話をすると、熱心に聞いてくれた。

夜警を終えて旅館に着くとおかみさんは起きており、風呂に入ってから常連のお客さんと部屋を共にした。各地を巡って多くの人に接しているらしく、さまざまな経験談を聞くことができた。

十一月十五日（木）晴

午前中は休むことができたため、旅館の一室で別荘に住んでいる野上弥生子著の『若い息子』を読んだ。

午後四時からY集落での座談会が予定されており、それまで窃盗事件の聞き込みをした。この集落は他の集落とかけ離れており、山あいにある公民館で行われた。昼間は農作業に従事していた者が多かったし、犯罪はめったに発生しないため、防犯意識が薄いために出席者は予定されていた半数に満たなかった。
二十六歳の誕生日であったが、いまだ将来の設計図を描くことができず、どのような生き方をしたらよいか迷っていた。読書会員にすすめられて一冊の本を読んだことがきっかけとなって読書に取り付かれた。文学、哲学、社会学や心理学などに興味を持つようになり、さまざまな経験をして知識を身につけることができた。それらを糧にして自分の生き方がしたいと思うようになったが、いまだ職業の選択に迷っている。

十一月十六日（金）晴

窃盗事件の捜査のため川原湯温泉に出かけ、いろいろな人から話を聞くことができた。掘っ立て小屋に住んでいる人は復興に意欲を燃やしていたが、銀行から融資を受けても返済するめどがつかないと嘆いている人もいた。火災の前とは明らかに異なっており、いまだ復興のめどがついていないようだった。
国家地方警察と自治体警察が不仲のように見られていたが、同期のK巡査部長とは馬が合っていた。じっくり話し合えるようになると、奥さんが入院していて単身赴任してきているると言った。うわべでは分からなかったが、仕事の面でも悩みを抱えており、それは私の悩みにも似たところがあった。

十一月十七日（土）晴

幹部が出張したため署内にのんびりした空気が漂っていたが、同僚のまねはしたくなかった。どんなときでも、マイペースの生き方を変える気になれなかったのは、捕虜のときにアメリカ兵から学んだことであった。
午前中は窃盗事件の聞き込みをし、午後からは日米野球放送を聞いたが、点差が開いて興味が薄れていた。ところが、ジョニー・プライスという喜劇役者の解説がおもしろかったため最後まで聞くことができた。

十一月十八日（日）晴

何もする予定がなかったため、K書記と交代して日直を引き受けた。家にいても署にいても本を読むこととラジオを聞くことに変わりはなく、『ヴェニスの商人』と『群像』十二月号を読むことができた。
夜は勤務を解かれていたため、大津屋で『緑の果てに手を振る天使』の映画を見ることができた。どこかで読んだような筋書きであったが、どうしても思い出せなかった。帰ってくると部屋の中は冷え冷えとしており、布団に入って『平和の国デンマーク』を読んでいると鼻がうずうずしてきた。

十一月十九日（月）晴

起きると一面が雪に覆われており、公安委員会が開かれて次席の処分が決まるらしいという。最悪なら懲戒処分ということになるが、だれも円満な解決を望んでいるらしく、どのようになるか分からなかった。

時計屋さんから遺失物の届け出があり、事情を聞いているうちに列車内の置き忘れと分かった。この時計屋さんは忘れることのできない一人であり、以前、腕時計の修理に出したとき熱心に新興宗教に勧誘された。約束の日に腕時計の修理ができず、何回もほごにされたため、時計を持たない不自由な生活を続けざるを得なかった。日時が経過するに従って不自由さを感じなくなり、時間に拘束されない自由のあることに気がついた。新興宗教にも興味を抱くようになったが、これも時計屋さんのおかげであった。

あちこちで炭俵が盗まれているうわさがあり、犯罪の疑いで捜査を始めた。届け出が一つもなかったのは、容疑者が被害者の親類や顔見知りであったりするからであった。犯人が分かって被害者の話を聞こうとすると、勘弁してくれと頼まれて被害書類の作成をすることができない。このために被疑者として取り調べることができず、法律より義理や人情に重きがおかれていることが分かった。

十一月二十日（火）晴

国警と自治体警察の合同で点検やけん銃操法など訓練を実施することになった。これは久しぶりのことであり、制服を着た二十数名の警察官が役場の広場に集まると何人も見学に見えた。服装や携帯品などの検査が終わると部隊訓練となり、指揮官の号令によってさまざまな行動をした。山に向かってのけん銃操法になったとき、軍隊の厳しい訓練を思い出してしまった。

一通りの訓練が終了すると教養のための映画会となり、暗幕が張られて部屋が暗くなった。

始まるまでに時間があったため、あちこちから話し声が聞かれたが、話し方によって階級の違いがはっきりしていた。

警察にはたくさんの階級があるが、それは公務の上で作用するものであって個人に及ぶものではなかった。雑談は公務とは思えなかったが、一方は断定的に話して、他方は肯定するだけになっていた。いまだ個人的な用事を部下に言いつけている上司がいるが、この感覚が人を差別することにもなっている。

映画は逮捕術が利用されたり、暴徒を鎮圧するなどの状況が描かれたものになっていた。大衆の中に一般の市民がいたと思われたが、これはすべて暴徒のように取り扱われていたことが気がかりであった。

十一月二十一日（水）晴

水車小屋で米が盗まれたとの届け出があったが、現場は共同水車小屋であった。たくさんの足跡があったから証拠にはなりにくく、盗まれたのは精米された米だけであった。関係者から事情を聞いて分かったのは、犯人が捕まるより捜査してもらって予防するねらいがあったことだった。

これに似たようなことは少なくなく、畑のかぼちゃが盗まれたとき、手癖が悪い者がいるのを知っていてもだれも口にしなかった。犯罪とあっては捜査をしなければならないが、いたるところで壁に突き当たったからはかどらない。

飲食店の扉を少し開いて自転車の前輪を突っ込んで酒を飲んでいる客がいたが、盗まれないための用心と分かった。

十一月二十二日（木）晴

発電所の労組のストが行なわれるため、視察するように命ぜられた。ストが合法的に行なわれていればなんの問題もないが、どのよう行為が違反になるか捜査に慣れていないため線引きするのは難しい。たとえ署長の命令であっても、越権行為となれば自ら責任を負わなくてはならず、そのことも考えなければならなかった。

労働組合の団体交渉権は法律によって認められていることであり、いろいろ考えて視察することにした。ストも大きなトラブルがなく終了したため、その状況を署長に報告して仕事を終えた。

十一月二十三日（金）晴

勤労感謝の日であり、午前中で大掃除を済まそうとしたが夕方までかかった。部屋の模様を変えて気分転換をしようと思ったが、どのように工面してもうまくいかず、やりくりしているうちに元の姿に落ち着いてしまった。

駐在さんから、水車小屋の米泥棒の目星がついたと知らせてきた。被害者と犯人はいとこの関係にあり、被害者から勘弁してくれと頼まれているという。捜査主任に伺ったところ、勘弁すれば癖になるから法令の通りに取り扱えとの指示であった。

十一月二十四日（土）晴

臨時の公安委員会が開かれ、懸案になっている次席の処分について検討がなされるらしかった。警察官としてふさわしくなければ辞職させなくてはならないが、いろいろの意見が錯綜していたらしい。町当局が考えていたのは、穏便にどこかに転勤させれば二十三万円の退職金を出さなくても済むというものであった。ところが受け入れ先は見つからず、再度の公安委員会になったが、意見の集約ができずに次回に持ち越しになったという。

午後から警察署の大掃除を済ませると給料が支給されたが、手取りは七千余円であった。床に入ってから『ファースト』を読み始めたが、いつの間にか眠ってしまった。

十一月二十五日（日）晴

父の病気見舞いに行くつもりでいたが、前橋市の街頭録音の「警察は民主化されたか」を聞くことにした。斉藤国家警察本部長、人権擁護委員、代議士、新聞社の編集長などが抱負を述べていたが、それぞれが自分の立場で話していたみたいであった。

編集長は、世の中にはいろいろの意見の人がいるから調和がとれているのではないという話には納得することができた。警察が民主化されたかという質問を聞いていると、多くの市民が警察に疑念を抱いていることが分かった。どれほどの警察官が聞いたか分からないが、理解できるものばかりであって心して仕事をすることにした。

上毛新聞の子どものページに、「お母さん」という題の作文が載っていた。お世話になっている北軽井沢の旅館の娘さんであり、このことをおかみさんに電話で知らせた。

十一月二十六日（月）雪

朝から曇っていたがときどき青空がのぞき、天候の先行きが分からない。午後になると本格的な雪となり、風が強くなってきたから身を切るような寒さに見舞われた。発電所は山あいにあり、ストが行なわれるというので視察のために自転車で出かけた。集会が始まらないので合宿所で管理人と囲碁をしていると、役員からここで大会を開くことになったから退去して欲しいと言われた。

労組がストをしていたため働いていたのは非組合員の三名だけであり、近所の大工さんが臨時の手伝いに見えていた。先のストのときに労組員にいやがらせをされ、夜には大工さんの自宅に投石や脅迫文が投げ込まれたという。この日に初めて知ったが、騒ぎを大きくしたくないとの理由で届け出をしていないことが分かった。ストをする方も必死なら営業を続ける方も真剣であるが、どちらも法は守ってもらいたいものだ。

十一月二十七日（火）晴のち雪

きのうの雪のせいか、冷たい風が吹きつけるようになった。この寒さは春がやってくるまで避けられず、長い冬を過ごさなければならなくなった。

中学校で日教組の吾妻支部の拡大支部大会が開かれたが、多くの労組が年末手当の増額を要求している。電産、鉱山、全逓などでも要求しており、活発だった日教組は公務員の罷業（ひぎょう）が禁止されてからは静かになったといわれている。警察官は労働者であっても政治的に中立でなければならないし、さまざまな制約があったから労働運動はできなかった。
当直の勤務について一人で過ごすことになり、気ままに読書したりラジオを聞くなどした。

十一月二十八日（水）雪

昨夜から降り続いた雪は数センチにもなっており、自転車に乗ることはできない。O集落のKさんからズボンを盗まれたとの届け出があったが、歩いて行くほかなかった。国鉄のバスが動いていたので途中まで乗ったが、長靴であったから坂道に差しかかると滑ってしまった。帽子屋さんに追いつかれて歩きながら苦労話を聞かされ、おもしろいだけでなく新たな知識を身につけることができた。

被害者の話を聞くと、あの男に間違いないと言ったが手元を見たわけではないという。長靴を履いての聞き込みであり、吾妻駅で電車を待っていると不通との知らせがあった。帰るのも困難になったために北軽井沢まで歩き始めると、畳屋さんに出会ったので話をした。地元のことに詳しかったから捜査の参考になる話も聞くことができたが、それは胸に秘めておくことにした。

夕闇が迫ってきたとき吹いてくる風が木の葉を散らし、まるでさみしい音楽を奏でているようだった。旅館に着くと上毛新聞に載ったことを知らせたお礼を言われ、いつものように実費で泊めてもらった。

十一月二十九日（木）雪

旅館の窓から見た目の前の高原は真っ白く埋まっており、白くそびえた浅間山の勇姿を見ることができた。いつしか旅館の家族と一緒に食事をするようになっており、なんでも話すことができた。お勝手には幾重にも積まれた耐火れんがの上にストーブが置かれており、おかみさんに安全の有無を尋ねた。数年前から使用しているが、いままでに危ないと思ったことは一度もなかったという。川原湯温泉の大火の原因が炉の過熱にあると思われたため、その状況について具体的に話すと少しは気になったらしい。

雪が降り続く中を吾妻まで歩いたが、相変わらず強い風が吹きつけており、辺りの景色を眺めながら聞き込みを続けた。赤い防寒帽をかぶった娘さんに出会ったが、雪の中をすいすい歩いていた。午後四時ごろに捜査を打ち切り、古森の坂を滑りながら歩いたため足腰の疲れを覚えた。

十一月三十日（金）晴

大雪のために各地に被害が出ていることを新聞によって知った。三面記事には心中や自殺や強盗などが多発傾向にあると報じており、生活に困る人が多いのではないかと思った。

このごろ社用族とか公用族という言葉が使われるようになったが、役得とか金儲けを考える人が多くなったからかもしれない。綱紀粛正が叫ばれるようになったが、掛け声だけで終ってもらいたくないものだ。犯罪の増加は社会の秩序を乱すものであり、犯罪の予防や犯人の検挙などは警察の責務であった。

北軽井沢の旅館のおかみさんから電話があり、ストーブが消えてから調べたところ、床が黒こげになっていたのですぐに修理してもらった、というお礼であった。

十二月　年末の夜警や警ら

十二月一日（土）曇のち晴

朝食を済ませたとき本署から連絡があり、実家に電話するように伝えられた。義兄に電話すると、胃から肝臓にがんが転移して病院でほどこしようがなくなって実家で引き取ったという。草津からくるロマンスカーに乗り、渋川でバスを乗り換えたが、板東橋が修理のために遠回りとなった。ふたたび藤岡行きのバスに乗り換えて上京目の停留所で降り、父親の容体を気遣いながら玄関をまたいだ。

やつれ切った姿を見ると、なんとも言いようのないさみしさに襲われてしまった。医者に見放されたとあっては時間との闘いみたいなものであったが、父親がどのような気持ちでいるか知ることができない。

農家は脱穀などで忙しく、親類からも手伝いの人が見えていた。一緒に作業をすることにしたが、玄米を一斗升に入れては米俵に入れていった。四斗になると一俵の出来上がりとなり、ことしは反当たり九俵ぐらいにはなりそうだ、という声が聞かれた。

十二月二日（日）晴

電話がない義兄に父親の容態を知らせるため、自転車で十数キロのバラス（砂利）の道を走って伝えた。帰りにシベリアに抑留されていた親類の友人に会い、久しぶりにきたんのない話をすることができた。

村にはさまざまな因襲が残っており、シベリア帰りのために左翼思想の持ち主と見られているという。そのためにつまはじきされて悩んでいるというが、なかなか疑いを晴らすことができないと言っていた。帰り道に親しくしていた同級生がいたので立ち寄ったが、数年の間に考え方が異なっていることが分かった。

病気見舞いのために大勢が見えており、その人たちから私の幼いときの話を聞かされた。むかしはへそ曲がりで引っ込み思案であったとか、性格や考え方が父親に似ていると言われたとき、「三つ子の魂百まで」ということわざを思い出した。

十二月三日（月）晴

ひんぱんに見舞いに行くことができないため、きょうは休暇を取っていた。親孝行らしいことをしたことはなく、父親の意見に反対したこともあったが悔いる気にはなれなかった。厳しく育てられたため近寄りがたい存在であったが、じっと顔を見つめていると涙がこぼれそうになった。やせ細った膝や腕をさすったりしたが、気丈のためかどうか分からないが、苦しみの表情を見せることはなかった。

子どものとき殴られたり怒鳴られたりしたし、巡査になってからもいろいろ注意されていた。過去にいろいろのことがあったが、眠っているような顔を見ていると、何とも言いようのないさみしい気持ちにさせられた。

姉さんはとくにさみしそうだったし、思いはそれぞれ異なっていても、みんなさみしそうだった。目を開いて文句を言ってくれたらと思ったり、話をしたいと思ってもかける言葉は見つからない。頑固で厳しかった父親であったが、育ててくれたことを感謝せずにはいられなかった。

十二月四日（火）晴

朝の三時半に非常召集され、借り上げた丸通のトラックに五名の警察官が乗り込んだ。空には星がきらめいていたが気温はかなり低く、数枚の毛布を持ち込んだが手足がしびれるほどだった。草津町に到着したときには、体は冷えんばかりになっており、人の姿はなく共同風呂で人声がするのみであった。逮捕状を携えて雪をかき分けながらTさんの自宅に行ったが、突然の訪問者にびっくりしたらしかった。

家の中の様子からすると生活苦のための犯行と思われたし、つぎつぎに被疑者の自宅を訪ねて四人を逮捕することができた。午前八時ごろトラックで引き上げることができたが、みんな寒さに震えていた。

取り調べでは、みんながすなおに自供しており、比較的スムーズに終えることができた。大がかりな逮捕劇になったのは、自治体警察の存在をアピールするねらいがあったらしかった。

連日続いた睡眠不足であったが、今夜は留置場の看守を言いつけられた。同僚と交代して勤務についたのは午前一時であり、火鉢を抱えて寒さをしのぎ、睡魔との闘いみたいな監視を続けた。留置人にはわずかの毛布が与えられているだけであり、それを補うだけの予算措置が講ぜられないままであった。

十二月五日（水）晴

机の引き出しに入れておいた日記帳であったが、ひそかに次席に見られたらしかった。やましいことを書いていたわけではなく、私がどんなことを考えているか知ってもらえればそれでよいと思った。

次席の人事問題は相変わらずくすぶっており、首になったら弁護士を頼んで法廷闘争の構えを見せているという。どのような態度に出ようとも、過去の事実を取り消すことはできないが、だれもが恐れていたのが問題が表面化することであった。このような環境になっても冷静でいられたのは、署長のためではなく町のために働きたいと思っていたからである。

珍しいことに二人の記者が取材にやってきたが、表向きは窃盗事件の取材になっていた。ほかにもねらいがあったらしかったが、そのことを口にすることがなかった。

十二月六日（木）晴

逮捕した被疑者は四十八時間以内に検察庁に送ることになっていたが、とりあえず書類だけ送った。そのためにきょうの押送となったが、四人の被疑者に三人しか配置されなかった。それぞれが手錠で繋がれて駅まで歩くともの珍らしそうに眺める人もおり、人権に配慮されていなかった。

留置人の押送についても予算措置が講じられておらず、運賃の支払いができないため公務の取り扱いとなった。区検察庁で取り調べが始まると、うそをつくと罪が重くなるぞとか、女房も子どももいるんだから二度とこんなことはしては駄目だぞ、と諭したりしていた。

夜、竹内好著の『現代中国論』を読み、戦争中に多くの人が中国人に対してどのような見方をしていたか知ることができた。

十二月七日（金）晴

けさの上毛新聞に「赤い自治警・長野原」の見出しで六段抜き三面をにぎわしていた。署長と次席の確執があったり、自治体警察の存廃を巡って町議会と労組の対立があったが、どうして赤い自治警になったのか理解できなかった。

記者がどのように取材したか分からないが、的外れと思えるものが多かった。長野原町では自治体警察の存続を決めており、それを打ち破るための布石のように思えてならなかった。記事の真偽ははっきりしないが、真実を知っているのは一部の者に過ぎない。たとえ記事が間違っていたとして、新聞はめったに取り消したり訂正することはしない。

一社がスクープして新聞に大きく報道されたため署内にも激震が走り、仕事が手につかないような者もいた。追い打ちをかけるように各社の記者が取材にやってきたが、どのように取材したかは分からない。

新聞記事を見た友人から電話があったが、それは私が赤い自治警の当事者ではないかというものであった。署長や次席の意見に反対していたし、人と妥協したくない姿勢が赤と見られていたのかもしれない。いろいろ説明すると納得したらしかったが、本当に疑いを晴らせたかどうかは分からない。

十二月八日（土）雪のち晴

睡眠不足のためぐっすり眠ることができたが、起きたときには雪が降っていた。太平洋戦争が始まった記念日であり、各新聞がその記事を載せていたが、どの新聞にも赤い自治警を報道したものは見られなかった。事実の誤りに気がついたのか、地元の新聞も続報を載せることをしなかった。

新聞に赤い自治警と報道されたため、町の中に警察を批判する声が高まってきた。公安委員会も協議を始めたし、署長は打ち合わせのため警察本部などに出かけて対策に躍起になっていた。

この日も各社の記者が取材に見え、刑事と同じように各方面から取材したらしかった。取材を受けた同僚にはうまい話をされた者もいたが、本当のことが分かっている警察官はいなかった。

夜、文化映画と神近市子女史（婦人タイムス社長）と福田赳夫氏（大蔵省主計課長）の講演があったので出かけた。神近女史の話は「現代の婦人問題」ではっきりした言葉遣いで鋭くえぐっており、女が最も愛するのは男であり、男が愛するのは女であると聞かされたが、これは男女同権を強く主張したものであった。福田氏は「講和後の日本経済について」であり、造詣の深さに感心させられたが、これには選挙の事前運動の匂いが感じられた。

十二月九日（日）晴

実家に向かう車内で発電所に勤務している人に出会い、労働組合の自治体警察廃止運動の実態について聞くことができた。弱小の警察署では充分に機能を果たすことができず、やがては廃止になるのではないかと言っていた。町議会が廃止に反対しているのは、町のボスの意向が反映しているらしかった。

列車やバスを乗り継ぐなどして実家に行ったが、父親の容体は前より悪くなっていた。うつろな表情をしており、それでも言葉をかけると、ときたまうなずいていた。親類の人が何人か見えており、十数年振りに会った人からは私の幼いときのことを聞かされた。

親類の人から赤い自治警と新聞に出たことを聞かれたが、私が当事者と思っている人もいた。だれから、どのように見られているか分からないが、自分の生き方を変えようとは思わなかった。

帰りのバスの中で若い娘さんに、「敬ちゃん」ではないですかと声をかけられた。娘さんが自己紹介をしたので分かったが、十年も経過していたから大きく変わっていた。子どものときは引っ込み思案と見られていたが、軍隊、戦闘、捕虜、警察官を経験したためにたくましくなっていた。何年も会わずにいたのに親しく話し合えたのは、同じ空気を吸って共通の話題があったからかもしれない。結婚するときにはタンスと鏡台が欲しいと言っていたが、もっと大事なことには気づいていないようだった。

十二月十日（月）晴

父親の病気のことや署内のごたごたや新聞記事のことを考えていると、うっとうしい気分になりがちであった。朝から留置場の看守に当たり、被疑者からいろいろの話を聞くことができた。犯罪の動機については、多くの被疑者が贅沢な暮らしをしたいことだった。逮捕したときには反省の言葉を口にしていたが、留置場の態度を見ているとほど遠いものと思われた。

どこの社会にあったも上司におべっかを使い、部下に威張り散らす者がいる。人間は感情の動物といわれており、金銭出納帳のようにバランスを取る必要があるのかもしれない。正しいかどうかというより、世間並みのことをしている方が無難と考えている同僚もおり、これもバランスを取りたいからかもしれない。

きょうの新聞にも赤い自治警に関連する記事は載っておらず、地元の新聞に載ったのが一回だけであった。報道の事実に誤りがあったかどうか分からないが、読者は真偽を確かめることができず、いつまでも町民の大きな関心事になっていた。

十二月十一日（火）晴

中学校の生徒が山の木を盗んだという届け出があり、自転車で出かけた。盗伐は幼稚なものであり、盗むというよりいたずらが目的のようだった。警察に届けることにしたのは、検挙してもらうより盗伐を防ぐねらいがあったらしかった。

中学校に行って担当の先生に話を聞くと、放課後のことだから責任がないという。少年の補導をするのが大事なことであり、親の立ち会いで少年から話を聴いた。いたずら目的であることがはっきりしたため、その場で補導することができた。

雪が溶けている道路は泥田のようであり、編み上げ靴に泥がつくと重くなってしまった。帰りがけに聞き込みをすると、十九歳の娘さんがパンパン屋に売られたという話を聞いた。生活が苦しいために売られた娘さんから話を聞いたことはあったが、問題なのは本人が承知していたかどうかであった。

十二月十二日（水）晴

午前三時ごろ目覚めてしまい、眠ることができなくなった。夕べだって寝不足であったし、その原因がよく分からない。雨戸のない障子の隙間から冷たい空気が入ってきており、部屋の中は冷蔵庫のようだった。

呼び出しに応じないために所在を調べることにしたが、日陰はこちこちになっていたが、陽が当たる場所はぬかるんでいた。連絡しようと思っても電話のある家はなく、一時間も歩いて訪ねていったが家の人は一人もいない。近所の人に尋ねても知らないと言うばかりであり、手の打ちようがなかった。

署に戻ると、四人組の窃盗の被疑者の取り調べが終了しており、勾留を続けるかどうか検討されていた。続ければ駐在所の巡査の留置場勤務が必要になるため、区検察庁に問い合わせて釈放することになった。そのことを被疑者に伝えると、涙をこぼしている者もいれば酒や女の話をする者もいた。引き受けにやってきた家族の表情もさまざまであり、今後を占うことができた。

十二月十三日（木）晴

出勤前に洗濯をしたが、朝の冷たい水に手を切られるような思いがした。午前中は捜査書類の整理をし、午後になってからバスで嬬恋村に出かけた。三原の巡査部長派出所で勤務している国警の人たちとは親しくしており、赤い自治の新聞記事でも率直な意見を聞くことができたが、実態を知っている者は一人もいない。

三原駅前にある食堂のおばさんと懇意になったのは、ここの息子さんと前橋の義兄と親しい関係にあったからだった。おばさんはさまざまなことを知っていたが、犯罪情報については口が固かった。それでも金物屋さんのことを断片的に聞くことができたし、銅線を買い入れている疑いが強まった。

金物屋さんの内偵を続けると、国家地方警察でも捜査していた。一日も早く検挙するのが大事であったが、いまだ縄張り根性を引きずっている警察官がいることが分かった。

十二月十四日（金）晴

すっきりしない日が続いていたとき、実家から父の危篤との知らせがあった。ロマンスカーのいすに身をゆだね、やつれた姿を想像したり、苦しがっているのではないかと思ったりした。渋川駅から列車で高崎駅まで行ってバスを待っていると知り合いの銀行員が見えたが、じっくり話す気になれなかった。

実家の庭には数台の自転車が並んでおり、親類の人もたくさん見えていた。東京のおじさんとは何年ぶりで会ったが、話をする余裕はなかった。父親はときどき口をもぐもぐさせたり、体を小さく動かしたりしていたが、語りかけても反応がなかった。

やせ細った体は弱く脈を打つだけであり、呼吸しているかどうか口元に耳を当てないと分からない。親類の人たちが交代するなどして看病に当たっており、大勢の人が集まっていたため、二つのこたつに入りきれず、火鉢を囲って夜を過ごした者もいた。

十二月十五日（土）晴

朝になっても変化は見られず、目を離すことができないため、交代しながら看病を続けた。医師がいるわけではないし、絶えず神経をとがらせて脈や呼吸を調べるなどしていた。悲しいときには、悲しい顔になるのは人間の自然の姿なのかもしれないし、ひそひそ話が聞こえても大きな声にはならず、静かな時間が過ぎるだけであった。

いつまでも看病を続けたいと思ったが、休めるのはあすまでであった。私は親孝行らしいことを何一つせず、注意されると反発したこともあった。やせ細った体をさすったり、足や手をもんだりしていると自然と涙がこぼれた。じっと顔を見つめていると健康のときの顔と重なり、目の前の父親が健康であってくれたらと願わずにはいられなかった。

姉と二人で徹夜の看病をすることになったが、今晩も峠といわれていた。死がいつやってくるか分からず、看病しながら死を待つのは辛いことであった。目を離すことができず、脈や呼吸を調べたりしたが変化はなかった。

十二月十六日（日）晴

朝から風が吹いていて事のほか寒く，相変わらず峠の状態が続いていた。うたた寝をしてからみんなで食事を済ませ、父親の額をなでたりしたが帰るのにしのびなかった。仕事が大事だと言った父親の言葉を思い出し、後ろ髪を引かれるよう思いをしながら実家を後にした。田んぼの停留所で横殴りの風にさらされながらバスを待ち、前橋に行って渋川行きのバスに乗り換えることにしたが、一時間も待つことになった。時間つぶしのために近くのパチンコ店に入り、じゃらじゃらという喧噪にさらされると、われを忘れることができた。父親ががんに倒れてからは私の心境にも大きく変化をもたらしており、物思いにふけるようになっていた。

十二月十七日（月）晴

病気見舞いのため休んで同僚に迷惑をかけたが、それは致し方のないことであった。夕べから降り続いた雪は数センチになっており、一面が銀世界になっていた。道路にくっきりと車輪の跡があったので自転車を乗り出したがうまく乗れず、押しながら署に行った。

八時に起きたために朝飯を食べることができず、空腹のまま大津まで歩くことにした。三キロほどのなだらかな坂道を滑りながら歩いていると、町役場の女子職員に追いつかれた。この娘さんも赤い自治警の新聞を読んだらしく、いろいろと尋ねてきたため、知っている限りのことを話した。町役場でも大きな話題になっており、私のこともうわさになっているという。長野原町の警察に勤務して四年近く経過しており、多くの人に理解されているらしく、この娘さんも理解してくれているようだった。

大津のパン屋さんでは、牛乳を飲みながら主人と話をしたが、ここでも赤い自治警のことを聞かれた。人家が散在しているだけでなく、雪の中、歩きの聞き込みであったから能率が上がらない。

十二月十八日（火）晴

臨時の招集がなされ、人事問題に結論が出される予定になっていた。自発的に退職するか、それとも首にするか、他署に転勤するかは前から続いていることであった。公安委員が署長と次席の退席を求めて署員の意見を聞いたが、口にする者はいないため、結論は年度末まで先送りされた。

公安委員会が内密に処理したい気持ちは分かるが、いつまでも引きずっていれば署員の士気にもかかわることになる。次席を首にするかどうか、町の有力者も巻き込んでいたからより解決を困難にしていた。

このような争いは一つの町だけのことではなく、これに似たことはいたるところにあるのではないか。たとえ署長や次席や公安委員に嫌われようとも、町のために働きたいと思っているだけであった。前途には、さまざまな苦難が待ち受けているが、それを避けて安易な道を歩む気にはなれない。

十二月十九日（水）晴

年末警戒になっており、午後十時から午前五時まで夜警が割り当てられていた。勤務を打ち切り、早めに夕食を済ませて床に入ったが容易に寝つくことができない。目覚時計で目を覚ましたが睡眠時間は三時間足らずであり、道路が凍って数キロの道を歩くことにした。

駐在さんと二人で勤務することになり、午後十時から十二時まで警らで、それから三時まで張り込みになっていた。起きている家はほとんど見当たらず、寝ずに働いていたと思えるのは発電所の人だけであった。

午前零時から大津三叉路で張り込みについたが、人通りのないためとてつもなく長く感じられた。寒さと睡魔との闘いみたいになっていたが、唯一の救いは星空を眺められることができたことであった。戦争では役に立てることができなかったが、軍隊で教えられた星座の見方が役に立った。古森の坂で一つの灯りが動いていたので不審に思ったが、それは一つの前照灯が壊れていたトラックであった。

夜警を終えて床に入って眠りについていたとき、サイレンで起こされたが、それは六時の定刻の知らせであった。

十二月二十日（木）晴

床に入って眠っていたとき本署から駆けてきた同僚に起こされ、父親の死亡が伝えられた。予期していたことが現実となったが、覚悟していたためか大きなショックにはなかった。戦争だけでなく刑事になってからもさまざまな死に遭遇しており、死がどんなものか分かっていたからかもしれない。

署に出かけていって署長に報告し、忌引きとなって七日間の休暇を取った。いつもは列車で本を読んで過ごしたが、これからどのように生きたらよいか考えてしまった。どのように考えてもよい知恵は浮かばず、警察官を続ける以外の方法は見つからない。

長野原町署に転勤になって辞めようとしたとき、若いときにはいろいろ苦労しておくものだと父親に諭された。あの一言がなかったら別の道を歩んでいたに違いないが、いまはそのことを感謝している。あれから四年近くを過ごして未知の世界を知ることができたし、私の考えも大きく変わったものになっていた。

列車とバスを乗り継いで実家に着き、覆われていた白い布を取り除いて父親の顔を見たとき、言いしれぬさみしさに襲われた。多くの懐かしい人が見えており、話し合いたいと思っても話す気にはなれなかった。独りで物思いにふけりながら時間を過ごし、過去のことや将来のことに考えを巡らせたりしていた。

十二月二十一日（金）晴

睡眠不足が続いたため父親の死を忘れたかのようにぐっすり眠り、起きると快晴であった。親類や知人や隣組の人たち百三十人ほどが集まり、署長も姿を見せて、気を落とさないように出棺の予定は午後一時になっていたが、大勢の人の食事を済ませるのを待つことになった。親類や知人や隣組の人たち百三十人ほどが集まり、署長も姿を見せて、気を落とさないようにしろと励ましてくれた。午後二時近くになって出棺となり、葬儀にともなうさまざまな行事がなされてから、先祖代々の墓に埋葬されることになった。

そこには六歳のときに亡くなった母親が眠っており、墓には大きな穴が掘られて土葬されることになった。これが最後の別れになるかと思うと、走馬燈のようにさまざまな情景が脳裏をかすめて落ち着きを失っていた。

香典返しとして風呂敷が手渡されると多くの人が立ち去り、私は香典の整理をすることになった。袋から現金を取り出しては氏名と金額を記入していき、集まったのは総額で三万三千円ほどになっていた。治療費や葬儀にかかる費用が五万か六万といわれており、その他の費用を含めるとかなりの出費になることになった。

夜になると遅くまで念仏が唱えられ、参列した人には四個のまんじゅうが配られた。帰れなくなった人たちはこたつでごろ寝するなどしたが、私はシベリアに抑留されていた友人のAさんと話し合った。

十二月二十二日（土）晴

近所の人たちが用意してくれた朝食を済ませると、ぼつぼつ帰っていく人がいた。私は引き続いてAさんと話がしたくなり、じっくりと話し合うことができた。村の人たちからは進歩的と見なされて異端者扱いにされているため、容易に村の人たちに溶け込めないという。共産主義と関係のない考えの持ち主であったが、理解してもらうには年月を必要とするのではないか。

ソビエトとアメリカでは捕虜の取り扱いが大きく異なっていたが、共産主義の一端を知ることができた。つまはじきされないために世間に迎合する者がいるが、それを感じることができない強固な意志の持ち主であった。

これからどのように生きたらよいか弟と話し合ったが、結論を出すことができなかった。巡査になるとき、さまざまな助言してくれたおじさんを訪ね、父親がどのように生きてきたか知ることができた。それを見習うことが最善の生き方と思えるようになり、家に戻ったときにはみんな眠っていたし、静かな部屋にはさみしさが漂っていた。

十二月二十三日（日）晴

買い物などのために前橋まで自転車で出かけて用事を済ませ、不謹慎と思われるかもしれないが映画が見たくなった。『アンナ・カレーニナ』の原作はトルストイだが、翻訳者が別荘の米川正夫先生であった。本を読む機会がなかったので映画を見たが、これは男女の三角関係を描いたものであった。

実家に戻ったが特別な用事もなかったし、死についてさまざまなことを考えてしまった。人は生まれたときから死に向かって歩みを続けており、短命の人もいれば長命の人もいるなどさまざまであった。戦争では多くの人が命を奪われており、私は九死に一生を得ることができたため、いつになっても戦争を忘れることができない。巡査になってからも自殺や殺人など非業な死に接しており、悔いのない生き方をしたいと思うだけであった。

十二月二十四日（月）晴

弟はすでに結婚をして父親の後を継いでおり、親類の人の姿がなくなると話し相手がいなくなった。気晴らしに東京に出かけることにし、午前八時二十七分高崎駅発車の「はるな」に乗った。上野駅で地下鉄に乗り換えて浅草に行き、参道に並んでいる品々を眺めたが気取ったところがないのが好きだった。

クリスマスイブのため、いたるところに大きなサンタクロースが見えており、東宝劇場で落語を聞いたのを思い出して有楽町かいわいを一巡りした。築地映画劇場で『世紀前の女』と『猛獣の国』を見ることができたが、戦災の傷跡を見ることができず、都市はすっかり様変わりしていた。

高崎に戻ったが最終バスの時間まで間があったため、『男性都市』の映画を見てから帰った。読書や映画は他人に惑わされることもなく、だれにも迷惑をかけることがないために没頭することができた。

十二月二十五日（火）晴

すでに農作業は一段落しており、手伝うような仕事がなくなっていた。相続の問題も持ち上がっていたが、権利を放棄していたから問題になることはなかった。

前橋に出かけて映画を見ることにしたが、始まるまで間があったので書店を巡った。読みたい本があったが高価であったし、父親が死に接していたから読む気力も失われていたので買うことができなかった。映画館に入って『母子船』と『覆面二挺拳銃』を見たものの、いつものように感動することができなくなっていた。

十二月二十六日（水）雨

きょうは初七日であり、親族の人たちが集まって僧侶に読経してもらい、みんなで墓参りをした。葬儀のときには忙しくて話ができなかったが、幼いころに遊んだ人たちとも落ち着いて話し合うことができた。いたずらをしたことや、戦争ごっこという遊びの話になると戦争が思い出されたが、懐かしく話し合えるのは同じ経験をしたからかもしれない。

田舎では波風を立てたくないと思っている人が多く、陰口を言っても面と向かって注意する者は見当たらない。本音で話してくれる人は正直であったが、その人も集落ではしゃべるのを謹んでいるという。みんなと同じようなことをしていることが、もっとも安全で無難である生き方であるのかもしれない。

長野原駅行きの最終列車で帰ると土砂降りであり、駅前の飲食店で傘を借りて帰り、久しぶりに自分の床に入って眠ることができた。

十二月二十七日（木）雨

すでに歳末警戒が始まっており、雨のために列車で川原湯に出かけて捜査した。焼け跡には復興の兆しが見えていたものの、本格的なものにはならなかった。廃業する旅館や、みやげ店もあったし、年末のためかもしれないが客の姿はあまり見られなかった。

建物を失って営業をすることはできず、銀行から借り入れて建築に取りかかっても採算がとれるか分からないという。それでも経営者は他の道を選ぶことができず、着々と準備をすすめている人もいた。

巡査になったとき、「でも巡査」という言葉が使われていたが、就職難のために巡査にでもなろうかと考えていた人がいたからであった。就職してから職を探せばいいと考えて巡査になったが、いまだ転職することができない。焼け出された経営者の話のように地道な努力をするほかなさそうだが、いつまで警察官を続けることができるか分からない。

十二月二十八日（金）晴

歳末になると犯罪の捜査よりも防犯に重点が置かれ、連日のように各所で張り込みが予定されていた。

署長から次席の処分の決定がなされたことを知らされたが、それはお構いなしというものであった。波風を立てたくないことが分かったが、多くの難題を抱えたまま年を越すことになりそうだ。一人の公安委員から次席より私の方が悪いとの発言があったというが、署長がどのようにとらえたか分からない。酔っぱらって署に見えて、さまざまな因縁をつけてきたため、つまみ出したことがあり、そのことをいまだ根に持っているらしかった。

私に落ち度があれば首になっても致し方がないが、敗北者のようにはなりたくはなかった。楽しいことからは新しい知恵は生まれにくくても、苦悩することが糧になって人間が成長するように思えてきた。

夜は羽根尾の集落の夜警をしたが、あちこちで餅つきの音が聞こえていた。私は実家から餅をもらっていたが、来年は餅のない正月になりそうだ。

十二月二十九日（土）晴

官公庁は年末年始の休暇に入ったが、夜警のために休むことはできなかった。当番勤務についたり夜警をしたりしていたが、きょうは定期の招集日であった。いつもの出席する次席の姿は見えず、署長から公安委員との協議の状況が伝えられただけだった。

次席が町役場に行って町長や町議会議員に説明して、円満に解決したことが伝えられたが、疑念を消すことはできなかった。これからは公安委員が署員の協力に尽力することになり、一致団結して責務に当たろうではないかと訓示したが、話すことは簡単なことであっても、いままでのいきさつがあるから修復するのは簡単なことではない。

あらかじめお膳立てがしてあったらしく、招集が解除になると関係者が集まって署の二階で忘年会が開かれた。公安委員長から妥協案が示されて酒宴となったが、酒を飲まなかったので日直を引き受けたため、その後のことは分からない。このような重大な問題でも冷静でいられたのは、さまざまな経験をしたり、本を読んだたまものかもしれない。

この日も夜警が実施され、北軽井沢の駐在さんと組んで警らや張り込みをした。年配の駐在さんからはいままで聞いたことはなかったが、私と次席が不仲であることに気がついていたという。

二人だけであったためか、次席のやり方が間違っており、私の意見が正しいとも言った。別荘を巡っていると作家や学者の顔が浮かび、さまざまな経験や読書が生きる糧になっていたことに気がついた。

十二月三十日（日）晴

夜警は午前五時まで実施されたため、帰る便がないために旅館での仮眠となった。目を覚まして台所に行くと、ふたたびおかみさんから、おかげで助かりましたとお礼を言われた。私はときどき実費で泊めてもらっており、改めてそのお礼を言った。

休みの日に働いたり超過勤務をしても予算措置が講じられていないため、手当が支給されたことはない。このことに反対の声を唱える者がいないのは、受け入れられるはずもないし、にくまれたくないからであった。私は同僚の代弁者のように意見を述べたことがあったため、上司や公安委員の嫌われ者になっていた。

来年も長野原町警察署の存廃が問題になることは間違いない。自治体警察の廃止をもくろんだと思える新聞の記事であったが、かえって反対の姿勢を強固にしてしまったらしい。廃止になれば署内のごたごたが一挙に解決されると思えたが、望み薄いものになってしまった。自治体警察がどのようになるか分からないが、公務員は国民の公僕でいる気持ちに変わることはなかった。

仕事を終えると、さっぱりした気分で正月を迎えたくなり、警察署の前の理容店にいった。髪を整えることはできたが、どうしても心の整理をすることはできなかった。

十二月三十一日（月）雨

雪ではなく朝からの雨は大みそかにしては珍しいことであった。妻帯者が多かったため当直勤務を割り当てられていたが、どこで正月を迎えようと同じようなものであった。夜の十二時まで夜警に従事する警察官もいたが、気ままにラジオを聞いたり、読書するなどして過ごしていた。

だれもいない警察署の中で昭和二十七年を迎えようとしたとき、昭和二十六年を顧みることにした。もっとも重大だったのは父親の死であり、三日坊主に終わることがなく年間を通じて日記をつけられたことも珍しいことだった。署内の内紛によって警察のあり方を知り、捜査を通じて多くの人に接してさまざまなことを学ぶことができた。著名な作家や学者の話を聞く機会にも恵まれたし、浅間山に登ることができたのも貴重な体験であった。

たくさんの本を読んだり映画を見ることができたが、これも生きる上に大いに役立っていた。悩み多き一年であったが、紆余曲折しながら過ごすことができた。「来年のことを言えば鬼が笑う」ということわざにあるが、ことしよりよい年になることを願うだけであった。

【著者紹介】

深沢敬次郎（ふかさわ・けいじろう）
大正14年11月15日、群馬県高崎市に生まれる。県立高崎商業学校卒業。太平洋戦争中、特攻隊員として沖縄戦に参加、アメリカ軍の捕虜となる。群馬県巡査となり、前橋、長野原、交通課、捜査一課に勤務。巡査部長として、太田、捜査二課に勤務。警部補に昇任し、松井田、境、前橋署の各捜査係長となる。警察功労賞を受賞し、昭和57年、警部となって退職する。平成7年4月、勲五等瑞宝章受賞。
著書：「捜査うらばなし」あさを社、「いなか巡査の事件手帳」中央公論社（中公文庫）、「泥棒日記」上毛新聞社、「さわ刑事と詐欺師たち」近代文芸社、「深沢警部補の事件簿」立花書房、「巡査の日記帳から」彩図社、「船舶特攻の沖縄戦と捕虜記」「だます人　だまされる人」「女と男の事件帳」「捜査係長の警察日記」「詐欺師たちのマニュアル」「犯人たちの黒い告白」「ベニア板の特攻艇と沖縄戦」「ザ・ドキュメント否認」「県警警部補の犯罪社会学」元就出版社、「沖縄戦と海上特攻」（光人社 NF 文庫）
現住所：群馬県高崎市竜見町17の2

経験して学んだ刑事の哲学

2017年3月30日　第1刷発行

著　者　深沢敬次郎

発行者　濵　正史

発行所　株式会社元就（げんしゅう）出版社

〒171-0022 東京都豊島区南池袋 4-20-9
サンロードビル 2F-B
電話 03-3986-7736　FAX 03-3987-2580
振替　00120-3-31078

装　幀　クリエイティブ・コンセプト

印刷所　中央精版印刷株式会社

※乱丁本・落丁本はお取り替えいたします。

ISBN978-4-86106-254-4 C0095